«Unglaublich, was die Journalisten sich alles ausdenken!» ...

«Darf ich mal?" Pulp griff nach der Zeitung, der LE MONDE von vorgestern. Eine Kurzmeldung war mit grünem Filzstift eingerahmt. Er las ...

Gérard Delteil

PULP UND DIE RACHE DER SCHATTEN

Deutsch von Ronald Voullié

WUNDERLICH TASCHENBUCH

Deutsche Erstausgabe
Veröffentlicht im Rowohlt Taschenbuch Verlag GmbH,
Reinbek bei Hamburg, Oktober 1999

Die Originalausgabe erschien 1996 unter dem Titel «Chili incarné»
bei Éditions Baleine

Redaktion Juliane Kraus
Umschlaggestaltung Tandem Design
(Illustration: Miles Hyman © Éditions Baleine)
Copyright © der Abbildungen Seite 1–4 by Roland Reznicek
Autorenfoto Copyright © by Éditions Baleine
Bildseitengestaltung und Innentypografie
Karen Kollmetz & Daniel Sauthoff
Satz Swift PostScript (PageOne)
Gesamtherstellung Clausen & Bosse, Leck
Printed in Germany
ISBN 3 499 26173 1

FÜR G. J. ARNAUD, WEGEN SEINER VORAUSSICHT ODER WEGEN DER QUALITÄT SEINER INFORMATIONEN.

PULP UND DIE RACHE DER SCHATTEN

1

Eine der dreckigsten Straßen von La Paz, das in der Hitliste der Umweltverschmutzung ganz oben steht, ist die Loayza.

Eine relativ schmale Hauptverkehrsader, eingezwängt zwischen nichtssagenden Gebäuden mit hinfälligen Fassaden, verstopft von endlosen Schlangen altersloser Fahrzeuge, die giftige Abgaswolken ausspucken. Sie durchquert das Bankenviertel und steigt dann steil an bis zum *alto*, dem Armenviertel oberhalb der bolivianischen Hauptstadt.

Diese Straße hinaufzugehen ist für einen Fremden, der noch nicht an das Leben in 3500 Meter Höhe gewöhnt ist, das reinste Martyrium. Luis Merino war schon halb erstickt, bevor er nur die Hälfte des Weges zu seinem Hotel zurückgelegt hatte. Er wäre gern schneller gegangen, aber die Beine wollten ihm nicht gehorchen. Die dichte Menge, die den Gehweg verstopfte, machte seinen Aufstieg nicht gerade leichter. Indianerinnen hockten mit Kindern im Arm auf dem Boden, die Nase in der Höhe der Auspufftöpfe, und streckten die Hand nach ihm aus. Sein eleganter heller Anzug machte ihnen Hoffnung auf eine großzügige Gabe: Was bedeutete diesem *gringo* schon eine Handvoll Bolivianos? Aber ihre Hoffnung wurde schnell enttäuscht, sobald sie in seine unbarmherzigen Augen sahen.

Merino war Chilene und stammte aus Valparaiso, das auf der Höhe des Meeresspiegels liegt. Er hätte niemals gedacht, daß es möglich war, derartig zu leiden. Sein

Kopf schmerzte, seit er aus dem Flugzeug gestiegen war, wenig später hatte er das Gefühl zu ersticken, als ob seine Brust in einen Schraubstock gezwängt wäre. Er hatte Tabletten geschluckt, aber es half alles nichts. Als die Hotelangestellten ihn sahen, wie er sich schwitzend und nach Luft schnappend mit seinem Koffer abplagte, mußten sie insgeheim lachen. Das Hotel Viena war nicht gerade erstklassig, aber man hatte es ihm als diskret empfohlen. Sobald er allein in seinem Zimmer war, hatte er sofort sein Jackett ausgezogen, den Kragen geöffnet und sich auf dem Bett ausgestreckt. Aus den Decken stieg ein unangenehmer Geruch auf, aber das war ihm vorerst egal. Wenn erst alles geregelt war, hatte er genug Zeit, sich um Komfort zu kümmern. Nach einer knappen Stunde Ruhepause hatte er ein Taxi ins Botschaftsviertel genommen. Nachdem er am ausgemachten Treffpunkt eine Dreiviertelstunde gewartet hatte, entschied er sich, ins Hotel zurückzukehren und dort zu warten, bis man Kontakt mit ihm aufnahm. Als er ins Taxi steigen wollte, war ihm der Indianer mit dem gelben Blouson aufgefallen. Er hatte das Taxi fortgeschickt und den Indianer im Auge behalten, um festzustellen, ob er ihm folgte. Merino kannte sich aus mit solchen Dingen. Während seiner jahrelangen Spitzel- und Handlangerdienste für die DINA und die CNI, die chilenischen Geheimpolizeiorganisationen, hatte er einen sechsten Sinn für Verfolgungen bekommen. Er hatte gehandelt, wie er es in solchen Situationen immer machte, dabei aber nicht an diese verdammte *sorroche* gedacht, die Höhenkrankheit, die ihn in einen asthmatischen Greis verwandelte.

An der Kreuzung der Calle Mercado mußte Merino sich auf ein parkendes Auto stützen, um Luft zu schnappen. Er hatte es aufgegeben, seinen Verfolger abzuschütteln, und nur noch einen Gedanken: zurück ins Hotel. Dort war er erst mal in Sicherheit und konnte per Telefon neue Anweisungen holen. Ihm war klar, daß diese Taktik von der Erschöpfung diktiert wurde und nicht auf logischer Überlegung beruhte. Im Vollbesitz seiner Kräfte hätte er diesen Typen in eine Einkaufspassage mit mehreren Ausgängen oder in eine einsame Gasse gelockt und mit ihm abgerechnet, nachdem er ihn zum Sprechen gebracht hatte. Zumindest wäre er so vorsichtig gewesen, das Hotel zu wechseln. Aber in diesem Erschöpfungszustand war das Bedürfnis, sich hinzulegen und die Augen zu schließen, zur Lebensnotwendigkeit, zur Zwangsvorstellung geworden. Seine professionellen Reflexe waren ihm allerdings nicht vollständig abhanden gekommen: Während er sich bemühte, zu Atem zu kommen, inspizierte er die Straße hinter ihm, indem er in den Rückspiegel des Toyota schaute, an den er sich gelehnt hatte. Im Gedränge der Menschenmassen konnte er den kleinen Mann im gelben Blouson nicht ausmachen. Was ihn jedoch nicht beruhigte. Es war immer besser, einen Verfolger im Auge zu behalten. Vielleicht war Gelbjacke von einem Kumpel abgelöst worden, den Merino kaum erkennen würde.

Als die Ampel umsprang, sammelte Merino seine letzten Kräfte, um die Calle Mercado zu überqueren. Das war gar nicht so einfach, denn wenn ein Teil der Fahrzeuge vor der roten Ampel stehenblieb, stürzten sich andere, die in die Loayza einbogen, unerbittlich auf die Fußgänger. In La Paz gab es, wie in vielen südamerikanischen Städten, zwei Straßenverkehrsordnungen: eine offizielle, die in den Gesetzbüchern stand, und eine inoffizielle, die dem Stärkeren, Gefährlicheren und Entschlosseneren absolute Vorfahrt gab. Die Fußgänger hatten nur das Recht, so schnell wie möglich zu rennen, um nicht übergemangelt zu werden.

Merino schaffte es, einem LKW zu entwischen, auf dem sich behelmte Arbeiter drängten, und mit Mühe und Not auch noch den Stoßstangen eines Lieferwagens. Als er die andere Seite der Calle Mercado erreichte und nur noch ein paar hundert Meter vom Hotel entfernt war, spürte er einen heftigen Schmerz am Nackenansatz. Er schrieb das einem plötzlichen Wiederaufleben des *sorroche* zu und machte in seinem Schwung noch zwei Schritte vorwärts. Ihm fiel auf, daß eine klebrige Flüssigkeit seinen Anzug verschmutzte, dann verlor er das Bewußtsein und sackte weg.

Die Menge setzte ihren Weg fort, ohne sich um den Sturz des *gringos* zu kümmern. Nur zwei Jugendliche und eine alte Frau blieben am Rand des Gehwegs vor dem reglosen Körper stehen. Dann wurden es immer mehr, ohne daß irgend jemand für das Opfer einen Finger rührte. Die Gesichter waren starr, ausdruckslos. Was sie bei diesem Schauspiel empfanden, war nicht zu erkennen. Erst nach einigen Minuten verließ der kleine indianische Polizist, der einen Helm trug und den Verkehr regeln sollte, seinen Posten und beugte sich über den Leichnam. Er glaubte, es mit einem Betrunkenen zu tun zu haben, und stieß mit der Stiefelspitze gegen die Schulter. Dann bemerkte er den Griff aus Horn, der aus dem Rücken des Mannes ragte. Da dieser helle Griff sich farblich vom Jakkett des Opfers kaum abhob, stach er nicht sofort ins Auge. Erst jetzt setzte der Polizist seine Pfeife an die Lippen.

13 Aus einiger Entfernung beobachtete ein Mann im gelben Blouson die Szene. Er steckte sich eine Zigarette an, machte einen tiefen Zug und ging dann gemächlich in Richtung *alto.*

«Unglaublich, was die Journalisten sich alles ausdenken!»

Der Mann faltete die Zeitung zusammen, legte sie auf die Theke und leerte sein Glas. Er war ein Klempner, der im Viertel arbeitete und seine Pausen im *Pied de Porc à la Sainte-Scolasse* verbrachte. Gabriel Lecouvreur kannte ihn vom Sehen.

«Darf ich mal?»

Er griff nach der Zeitung. Eine verknitterte Ausgabe der *Le Monde*, die schon zwei Tage alt war. Eine Kurzmeldung war mit grünem Filzstift eingerahmt. Er las mit lauter Stimme.

«Ein Anwalt wirft den chilenischen Militärs vor, in den letzten Jahren der Präsidentschaft General Pinochets einen schwunghaften Handel mit gefälschten Mumien getrieben zu haben. Diese Mumien sollen aus den Leichen von Opfern der Geheimpolizei fabriziert und an Archäologen verkauft worden sein …»

«Ist es das, was Sie so erstaunt?» fragte er den Klempner.

«Halten Sie so 'ne Meldung etwa für glaubwürdig?» erwiderte der Spezialist für Rohrleitungen und Geruchsverschlüsse.

Gérard begann hinter der Theke, seinen Schnurrbart zu malträtieren, ein Zeichen für intensives Nachdenken.

«Diese Mumiengeschichte erinnert mich an was.»

Der Klempner zeigte mit dem Finger auf den Chef des *Pied de Porc.*

«Tim und Struppi, *Die sieben Kristallkugeln.*»

«Danebengetippt, mein Lieber. Mich erinnert das an die Fußballweltmeisterschaft.»

Der Klempner konnte seine Verblüffung nicht verbergen.

«Die Fußballweltmeisterschaft? Was hat denn die mit Mumien zu tun? Und überhaupt, *welche* Weltmeisterschaft?»

«Die von 78, wenn ich mich recht entsinne.»

«Verdammt lang her.» Der Klempner drehte sich zu Gabriel um. «Wissen Sie etwa noch, wer 78 gewonnen hat?»

«Damals war ich achtzehn», antwortete Pulp nachdenklich. «Ich war auf dem Gymnasium Charlemagne. Ja, ich erinnere mich noch sehr gut daran. Nicht an den Sieger, aber an die Weltmeisterschaft.»

«Ich dachte, du hast dir nie was aus Sport gemacht», meinte Gérard.

«Stimmt, aber wegen der Weltmeisterschaft bin ich von der Schule geflogen, und zwar mit Pauken und Trompeten. So was vergißt man nicht, selbst nach zwanzig Jahren nicht.»

«Ich versteh immer noch nicht, was die Mumien damit zu tun haben», versetzte der Klempner, der immer nachdenklicher wurde.

«Dem muß man auch alles erklären!» grinste Gérard mit einem Augenzwinkern zu Gabriel.

«Na los! Ich muß nämlich wieder an die Arbeit.»

«Ganz einfach», fuhr Gérard fort, «ich hab das in einem Krimi gelesen. Damals hatte ich noch Zeit zum Lesen. Ich hab die Bücher gekauft, wenn ich zur Bahn ging. Heute fahr ich Auto, deshalb lese ich nicht mehr.

Im allgemeinen ging es mir so, kaum gelesen, schon vergessen. Aber dieser eine ist hängengeblieben. Ich kann dir weder Titel noch Autor sagen, aber ich erinnere mich gut an die Story. Es ging um einen Typen, der im Museum in Mexico einen Kumpel wiedergetroffen hat.»

«Und dann?»

«Das Problem war, daß der Kumpel inzwischen die Gestalt einer Mumie hatte.»

«Scheiße! Muß ein ziemlicher Schock gewesen sein», meinte der Klempner. «Aber Krimischreiber sind wie Journalisten, die erfinden alles mögliche. Hat alles kein Hand und Fuß.»

«Das hab ich mir auch gesagt. Aber heute habe ich doch Zweifel. Gib mir mal die Zeitung.»

Pulp gab ihm die Zeitung rüber. Gérard rückte seine Augengläser zurecht und las die Meldung noch mal halblaut vor.

«Und die Fußballweltmeisterschaft?» hakte der Klempner nach, der hartnäckig am Ball blieb.

«Der Typ, der seinen Kumpel im Museum wiedergefunden hat, war Argentinier. Und stell dir mal vor, die WM 78 fand in Argentinien statt.»

«Na und?»

«Es gab eine Menge Leute, die dagegen waren, daß die WM in Argentinien stattfand, während die Bullen und Militärs die Gefangenen mit Kettensägen zerlegten oder mit Hubschraubern über dem Meer abwarfen.»

«Und genau deswegen bin ich von der Schule geflogen», ergänzte Pulp. «Wir hatten die Wände vollgesprayt. Und das hat dem Direx nicht gefallen. Aber ich wäre wahrscheinlich auch ohne diese Geschichte rausgeflogen … Mensch, das macht mich wieder jung. Gib mir noch ein Kanter, Gérard!»

«Ich finde, man soll Sport und Politik nicht vermischen», erklärte der Klempner schulmeisterlich.

Gabriel legte ihm einen Arm auf die Schulter. Einen Arm, der so lang war, wie es seinem Spitznamen entsprach.

«Da haben Sie recht! Man darf niemals etwas vermischen. Mumien und Sport, Mumien und Politik, Politik und Kultur ... Was meinen Sie, in welche Sparte gehört diese Mumiengeschichte, die aus der Zeitung, nicht die aus dem Roman: Kultur? Politik? Archäologie?»

Der Klempner löste sich aus dieser unerwarteten und leicht aufdringlichen Umklammerung, hängte sich seine Ledertasche um und grüßte die Gäste des *Pied de Porc*, indem er mit dem Finger an seine nicht vorhandene Kopfbedeckung tippte.

«Sie haben eine völlig verdrehte Phantasie», schlußfolgerte er, bevor er sich dem Ausgang des Bistros zuwandte.

«Eine Frage noch», sagte Pulp. «Haben Sie diesen Artikel angestrichen?»

«Nein, das lag so auf dem Tisch.»

Gabriel sah dem Klempner nach, wartete, bis er die Tür geschlossen hatte, und hob das Glas an seine Lippen.

«Trotzdem ... Wenn ich mir die Reise leisten könnte ...», murmelte er mit halbgeschlossenen Augen, nachdem er genüßlich einen Schluck Bier genommen hatte.

«Die Charterflüge sind doch ziemlich billig. Da müßte sich leicht was finden lassen», meinte Gérard.

«Ja, aber am Ort muß man ganz schön viel ausgeben, Autos mieten, Leute schmieren, damit man Hinweise kriegt ...»

 Gabriel hielt inne. Gérard hörte nicht mehr zu, sondern starrte auf irgend etwas oder irgend jemanden hinter ihm. Pulp drehte sich um und stand direkt vor einem Glatzkopf mit Metallbrille, der einen dunkelgrauen Anzug trug und eine schwarze Lederaktentasche hatte. Er war groß, fast so groß wie Pulp, der immerhin einsfünfundachtzig maß. Irgendwie sah er wie ein Gerichtsvollzieher aus und wirkte neben der üblichen Kundschaft ziemlich deplaziert.

«Entschuldigen Sie bitte», sagte der Unbekannte, «das ist meine Zeitung ...»

Er näherte sich der Theke, auf die Gérard die *Le Monde*-Ausgabe gelegt hatte, nahm sich die Zeitung, faltete sie zusammen und steckte sie sorgfältig in seine Aktentasche. Pulp nutzte die Gelegenheit, um einen indiskreten Blick auf den Inhalt der Tasche zu werfen. Er erspähte Aktenmappen in verschiedenen Farbtönen. Seine Neugier war dem Eigentümer der Tasche nicht entgangen, der ihm zulächelte.

«Entschuldigen Sie bitte», wiederholte er, «ich habe einen Teil Ihres Gespräches mitgehört.»

Es war klar, daß er sich an Pulp und nicht an den Patron des Bistros wandte. Um zu zeigen, daß er verstanden hatte, trat Gérard etwas beiseite und machte sich daran, seine Gläser zu polieren.

«Ach ja?» sagte Pulp mit einem ironischen Lächeln, das eine gewisse Arroganz verriet.

Dieser Ausdruck schien den Unbekannten nicht zu entmutigen. Er griff in seine Jacke und zog eine Visitenkarte hervor, die er Pulp überreichte.

«Könnten Sie bei mir vorbeikommen ... sagen wir morgen früh um zehn Uhr?»

Sein Tonfall verriet einen Mann, der gewohnt war, daß seine Vorschläge als eine Art Zwangsvorladung aufgefaßt wurden. Gabriel gefiel es nicht, so behandelt zu werden. Eine ablehnende Antwort lag ihm auf der Zunge. Aber seine Neugier war doch stärker. Er beschränkte sich darauf, seinen Gesprächspartner zu mustern und dann die Karte zu studieren.

IMPORSUR
Thierry Benyamin
Leitender Direktor

Es folgten eine Telefonnummer, eine Faxnummer und eine Adresse an den Champs-Élysées.
«Champs-Élysées, das ist ja nicht gerade hier in der Nähe. Ich habe nicht die Angewohnheit, mich so weit fortzubegeben, ohne zu wissen, worum es geht. Vielleicht könnten Sie mir noch etwas mehr verraten, werter Herr?»
«Und ich, werter Herr, ich habe nicht die Angewohnheit, meine Geschäfte in Cafés zu besprechen. Ich meine gehört zu haben, daß es Ihnen nicht mißfallen würde, eine noch viel größere Ortsveränderung zu machen», antwortete der Mann in Grau. «Wenn ich mich nicht getäuscht habe, hoffe ich morgen das Vergnügen zu haben, Sie zu sehen ...»

Es handelte sich um ein anonymes Büro über einer Boutique, eines jener Büros, die man anmietet, um eine Adresse zu haben, die potentielle Kunden beeindrucken soll, und nicht, um dort zu arbeiten. Nichts deutete auf geschäftige Betriebsamkeit hin. Das Mobiliar war Standard: ein Schreibtisch aus Kunststoff, ein Schrankregal, ein Couchtisch und dazu passend drei Sessel. Nur ein Computer ließ darauf schließen, daß dieser Raum geschäftlich genutzt wurde. Offenbar hatte Thierry Benyamin keine Sekretärin.

19 Der Hausherr bat Gabriel, sich zu setzen, ging um den Schreibtisch herum und ließ sich in einem Sessel auf der anderen Seite des Couchtisches nieder. Er hatte seinen grauen Anzug gegen einen dreiteiligen Glencheck getauscht. Pulp fielen seine Schuhe auf – er liebte es, den Leuten auf die Schuhe zu sehen – Mokassins aus Pekarileder, die zwei- bis dreitausend Francs gekostet haben mußten.

«Ich freue mich, daß Sie gekommen sind, Monsieur Lecouvreur», begann Benyamin mit einem Lächeln, das dieser Begrüßung entsprach.

«Wie ich sehe, kennen Sie meinen Namen. Wäre es indiskret, Sie zu fragen ...»

«Ich hoffe, es schockiert Sie nicht, wenn ich Ihnen gestehe, daß ich immer einige Erkundigungen über meine künftigen Partner einziehe. Das wenige, was ich mehr oder weniger zufällig über Sie erfahren habe, bringt mich zu der Annahme, daß Sie vielleicht in der Lage sind, mir einen Dienst zu erweisen. Einen honorierten Dienst, selbstverständlich.»

«Ich höre.»

«Lassen Sie uns zunächst von *Imporsur* sprechen. Ich habe dieses Unternehmen vor etwa zehn Jahren gegründet. Wie der Name schon sagt, besteht die Tätigkeit von *Imporsur* darin, diverse Artikel aus dem Süden zu importieren, vornehmlich aus Lateinamerika. Ich will Sie nicht mit der kompletten Liste aller Dinge langweilen, die wir in diesen zehn Jahren eingeführt haben. Sagen wir nur, daß sie recht verschiedenartig sind. Das reicht von chilenischem und argentinischem Wein bis zu Kunstgegenständen, von Zitrusfrüchten bis zu Fischkonserven. Einige Importe laufen ziemlich regelmäßig, andere betreffen Posten, mit denen wir uns nur gelegentlich befassen.»

Pulp hörte dieser Rede geduldig zu. Er gab sich ganz entspannt, zeigte immer dasselbe undurchdringliche Lächeln eines Mannes, dem man nichts vormachen kann und dem alles ziemlich gleichgültig ist. Benyamin hatte diese Haltung vielleicht mißverstanden. Er hob die Hand.

«Ich kann mir vorstellen, was Sie denken, Monsieur Lecouvreur.»

«Und, was glauben Sie, denke ich?»

«Ich bin nicht in der Lage, Ihre Gedanken zu lesen. Aber ich weiß, was ich an Ihrer Stelle denken würde. Dieses fast leere Büro, dieser Chef ohne Personal, diese Geschäfte mit einem Kontinent, der für seine schmutzigen Geschäfte bekannt ist … Ich würde mir sagen: Das ist eine Tarnfirma, hier werden unsaubere Geschäfte verschleiert, vielleicht mit Drogen oder etwas in der Art. Nicht wahr?»

Pulp sank in seinen Sessel zurück.

«Ich muß gestehen, daß mir so etwas Ähnliches durch den Kopf gegangen ist. Aber Sie werden mich gewiß über meinen Irrtum aufklären.»

«Absolut. Bei uns ist alles clean, unsere Geschäftsbücher werden ordentlich geführt, Monsieur Lecouvreur. Wir hatten niemals etwas mit Drogen oder schmutzigem Geld zu tun. Wenn Sie mich hier allein in diesem Büro sehen, so liegt das daran, daß ich meine Geschäfte allein abwickle und meine Grundkosten so gering wie möglich halte. Ich beschäftige eine Sekretärin als Teilzeitkraft, die dreimal pro Woche kommt; ein Steuerbüro kümmert sich um meine Abrechnungen; und ich habe Mittelsmänner in verschiedenen Ländern der Welt, die ich auf Kommissionsbasis bezahle, so wie ich es auch mit Ihnen machen möchte …»

«Sie beginnen, mich zu interessieren.»
«Nicht wahr? Das ist eine Sprache, die jeder versteht. Also, wie schon gesagt, meine Geschäfte sind sauber. Ich habe nicht die Absicht, Sie in eine unsaubere Sache hineinzuziehen.»
«Alles hängt davon ab, was das für eine Sache ist, und vom Preis …»
«Wir werden darauf noch zurückkommen. Aber Vorsicht, wenn ich Ihnen gesagt habe, daß meine Angelegenheiten sauber sind … Um ganz offen zu Ihnen zu sein, ich muß gewisse Operationen verschleiern. Aus steuerlichen Gründen, Zölle und so weiter …»
«Und so weiter?»
«Zum Beispiel, wenn das Landesgesetz den Export bestimmter Güter verbietet, Kunstwerke, Antiquitäten … Und ich möchte dem Staat nicht mehr zahlen als unbedingt notwendig.»
«Da sind Sie nicht der einzige.»
«Ich sehe, daß wir uns verstehen, und ich glaube, daß ich die Karten auf den Tisch gelegt habe.»
«Das sagt mir aber immer noch nicht, was Sie von mir erwarten.»
«Vor einigen Jahren haben wir eine Reihe von indianischen Antiquitäten importiert, darunter atacamekische Mumien. Kennen Sie sich mit Indianerkulturen aus?»
«Ein bißchen, aber ich muß Ihnen gestehen, daß ich noch nie etwas von diesen, äh, wie hießen sie noch … gehört habe.»
«Atacameken. Die Atacamekenkultur war im Norden Chiles beheimatet, in der Gegend der Atacama-Wüste, bis zum 12. Jahrhundert, vor der Eroberung durch die Inkas, und sie hat unter der Inkaherrschaft gewisse Charakteristiken bewahren können.»

«Und wen kann es interessieren, atacamekische Mumien zu kaufen?»
«Archäologen, Museen. Nun habe ich als Vermittler für den Verkauf dieser Mumien gedient. Die Transaktion umfaßte noch diverse andere Gegenstände: Töpferwaren, Schmuck, Lanzen- und Bogenspitzen. Ich bin nicht qualifiziert, ihre Echtheit oder ihren wissenschaftlichen Wert zu beurteilen, aber meine Kunden waren zufrieden. Den Rest können Sie ahnen.»
«Mehr oder weniger ...»
«Vorgestern bin ich auf diesen Artikel gestoßen.»
Benyamin warf eine Kopie des *Le Monde*-Artikels auf den Tisch.
«Und?»
«Ich weiß auch nicht mehr als Sie. Ich verfolge die europäische Presse seit drei Tagen. Ich habe nichts weiter gefunden. Soweit ich weiß, ist diese Information ohne Reaktion geblieben. Ich bete zum Himmel, daß meine Kunden sie nicht unter die Augen bekommen haben.»
«Sie würden Austauschmumien verlangen», sagte Pulp grinsend.
«Das könnte einen enormen Skandal auslösen und meinen Ruf schädigen. Besonders traurig ist, daß diese Angelegenheit mir nicht sehr viel eingebracht hat ...»
«Besonders traurig ist meiner Meinung nach das Schicksal der Leute, die als Rohstoff für die Herstellung dieser Mumien gedient haben.»
«Gewiß, gewiß», stimmte Benyamin eiligst zu. «Aber wir können nichts mehr für sie tun. Und ich muß mich trotzdem darum bemühen, meine Interessen zu verteidigen.»
 «Wem haben Sie diese Mumien verkauft?»

 «Das möchte ich Ihnen im Moment nicht sagen. Nehmen wir an, einem großen europäischen Museum.»

«Ich kann mir vorstellen, daß atacamekische Mumien nicht gerade an jeder Ecke stehen. Dieses Museum muß leicht zu finden sein. Aber das ist im Moment nicht mein Problem. Was erwarten Sie von mir, Monsieur Benyamin?»

«Ich muß wissen, ob diese Geschichte stimmt oder ob es sich um einen schlechten Scherz handelt. Ich habe gehört, wie Sie sagten, es würde Sie interessieren, diese Frage zu klären.»

«Und was werden Sie tun, wenn Sie Gewißheit haben?»

«Wenn die Geschichte falsch ist, werde ich meine Kunden beruhigen, bevor sie darüber stolpern.»

Er klopfte mit dem Zeigefinger auf die Kopie.

«Und wenn sie wahr ist?»

«Dann werde ich sie warnen, damit sie diese Mumien beseitigen können, bevor ein Skandal ausbricht und bevor sie unangenehmen Nachforschungen ausgesetzt werden.»

«Und Sie werden Schadenersatz leisten?»

«Ich werde sie entschädigen, selbstverständlich. Das ist der Preis, den ich zur Wahrung meines guten Rufes als Vermittler zahlen muß. Ich kann es mir nicht erlauben, diese Information außer acht zu lassen.» Er klopfte erneut mit dem Finger auf das Papier. «Selbst wenn sie nur ein paar Zeilen lang ist.»

«Da gibt es trotzdem noch etwas, was ich nicht verstehe. Warum wenden Sie sich nicht an die Person, die Ihnen diese Mumien beschafft hat?»

«Es ist mir nicht gelungen, sie ans Telefon zu bekommen. Mein chilenischer Mittelsmann gibt kein Lebenszeichen von sich. Ich kann es mir nicht erlauben, herumzutelefonieren und irgend jemandem Fragen zu stellen, weil ich dadurch die Aufmerksamkeit auf eine Affäre lenken würde, die in Europa im Moment noch nicht weiter aufgefallen ist. Ich schlage Ihnen daher vor, sich an Ort und Stelle zu begeben und die Angelegenheit zu klären. Wie hoch ist Ihr Honorar?»

«Hunderttausend Francs. Plus Spesen, selbstverständlich.»

«Mir scheint, daß Sie etwas zu hoch rangehen. Das übersteigt meine gegenwärtigen Mittel. Sie müssen sich mit der Hälfte zufriedengeben, Monsieur Lecouvreur. Das ist immer noch gut bezahlt. Diese kleine Untersuchung sollte nicht länger als eine Woche dauern … Und der Betrag ist steuerfrei.»

Gabriel Lecouvreur stand um zehn Uhr morgens (Ortszeit) am Flugplatz von Santiago de Chile. In der Tasche hatte er die Adresse des Auslandskorrespondenten von *Le Monde*, der diesen Kurztrip im Grunde verursacht hatte, und die des verschwundenen Mittelsmannes der *Imporsur*. Die Reise hatte über sechzehn Stunden gedauert, inklusive zwei Stunden Aufenthalt in San Francisco, mitten in der Nacht. Diese beiden Stunden waren hauptsächlich damit draufgegangen, sich in verschiedenen Schlangen anzustellen, um diverse Formalitäten zu erledigen, die die amerikanischen Behörden den Transitreisenden abverlangten. Zwischen San Francisco und Santiago war es Pulp nicht gelungen, wieder einzuschlafen. Er war nicht in Bestform. Das Wetter war, soweit er es bis jetzt beurteilen konnte, grau und unterschied sich nur wenig von dem in Paris. Auf der Gangway fuhr ihm ein feuchter

Windstoß ins Gesicht. Es war März. Der chilenische Herbst ähnelte dem regnerischen Pariser Frühling.
Pulp reiste mit leichtem Gepäck: Er hatte nur eine Tasche, Handgepäck, so daß er schneller am Taxistand war als die Passagiere, die erst zum Gepäckband mußten. Ein Haufen von Schleppern stürzte ihm entgegen. Er akzeptierte die Dienste des Fahrers eines nagelneuen knallroten Mazda. Pulps (bescheidenes) spanisches Vokabular stammte aus seiner Schulzeit. Er hatte es nur auf ein paar Reisen über die Pyrenäen etwas aufpolieren können. Die letzte hatte ihn zur Costa Brava geführt, wo man allerdings besser Deutsch verstand als die Sprache von Cervantes. So hatte er seine Kenntnisse vorsichtshalber noch etwas aufgefrischt, mit Hilfe von Audiokassetten, die er im Auto hörte. Und er hatte sein Spanisch von seinem Freund Pedro testen lassen, der bloß die Hände über dem Kopf zusammengeschlagen und ihm geraten hatte, ein gutes Lexikon mitzunehmen oder, besser noch, einen Dolmetscher zu engagieren. Seine Aussprache der *Jota* [sprich Chóta = j] sei höchstens in Mallorca-Serien zu gebrauchen. Daß der Taxifahrer offenbar verstanden hatte, wohin er wollte, erfüllte Gabriel mit einer gewissen Befriedigung, auch wenn er nicht das geringste Wort von dem verstand, was dieser ihm während der Fahrt zu erzählen versuchte.
Der Mazda setzte ihn vor einem Hotel in der Calle San Antonio im Zentrum von Santiago ab. Das Etablissement, das nach europäischen Kriterien recht bescheiden aussah, wurde von der chilenischen Mittelschicht und argentinischen Touristen frequentiert. Ein in Buenos Aires zugelassener Bus parkte vor dem Eingang. Auf der Windschutzscheibe prangte ein Plakat, dessen Inhalt Pulp leicht entziffern konnte: «Liebe

Diebe, habt Mitleid, wir sind schon bestohlen worden.»

Er ging hinein, und es gelang ihm, ein Zimmer zu bekommen, ohne die Erniedrigung erleiden zu müssen, daß der Empfangschef ihn in Englisch ansprach, wie es sonst seine Gewohnheit war, wenn er es mit einem *gringo* zu tun hatte. Das war ein gutes Zeichen. Andererseits ließen Sauberkeit und Schalldämmung des Zimmers zu wünschen übrig. Im Nachbarzimmer tobte ein heftiger Ehekrach. Pulp hätte sich auf Kosten von *Imporsur* ein Hotel mit internationalem Standard gönnen können, aber er liebte weder den Luxus, noch mochte er die Leute, die sich in einem solchen Ambiente aufhielten. Nicht, daß er einen gewissen Komfort verachtete, aber an einem Ort wie diesem fühlte er sich wohler. Er nahm eine Dusche, zog andere Klamotten an und ging zu einem kleinen Rundgang auf die Straße.

Er war zum ersten Mal in Lateinamerika. Beim Gedanken, diesen Kontinent für sich zu entdecken, verspürte er ein gewisses Kribbeln. Was er aus dem Taxifenster gesehen hatte, entsprach nicht seinen Erwartungen. Nur einige farbenfrohe Firmenschilder gaben der Landschaft einen Hauch von Exotik, ansonsten sah sie genauso aus wie alle Vorstädte von Großstädten überall auf der Welt. Seine ersten Schritte in der Stadt verstärkten seine Enttäuschung. In diesem Viertel liefen viele Bankangestellte mit Schlips und Kragen herum. Die Frauen waren gekleidet wie in Paris oder Madrid. Die meisten sahen nicht besonders lateinamerikanisch aus: Sie waren blond, brünett oder rothaarig. Gabriel begegnete keiner, die besonders verführerisch aussah. Eine Polizistin erweckte seine Aufmerksamkeit, eine blonde Riesin, gestiefelt und gespornt, die einem Sadomaso-Schuppen, Typ SS-Frau, entsprungen zu sein schien. Man hatte sie zweifellos wegen ihrer breiten Schultern rekrutiert. Diese Vision stimmte ihn nachdenklich.

Er ging in eine Snackbar, um ein Bier zu trinken. Bei der Musik hätte er gleich wieder umkehren sollen. Aggressiver US-Pop in Disko-Lautstärke. Er bestellte trotzdem ein Dorada-Pils, für das direkt vor seiner Nase ein Schild Reklame machte. Er fand es fade. Als er in seinen Taschen wühlte, um zu bezahlen, fiel ihm auf, daß er kein Geld gewechselt hatte. In seiner Brieftasche hatte er ein paar Dutzend Dollar. Er nahm einen Zehner und legte ihn auf die Theke.

Der Ober, der eine schwarze Fliege und ein speckiges Hemd trug, sah den Schein herablassend an.

«Sie sind hier in Chile, Señor. Hier zahlt man in Pesos.»

«Tut mir leid, ich bin gerade erst angekommen. Können Sie Geld wechseln?»

«Sie können in jeder beliebigen Bank wechseln, Señor, und auch in der Ahumada, in der Fußgängerzone. Hier wird kein Geld gewechselt.»

«Ich fürchte, dann kann ich nicht bezahlen, ich habe kein anderes Geld bei mir.»

«Das macht nichts, das Bier geht auf Rechnung des Hauses. Behalten Sie Ihre Dollars.»

Gabriel steckte den Geldschein wieder ein und verließ die Snackbar.

Wer hatte ihm noch mal gesagt, der Dollar sei eine internationale Währung und die einzige, die man in Lateinamerika akzeptierte? Wie ihm der Ober geraten hatte, ging er zur Ahumada, aber da er sich nicht übers Ohr hauen lassen wollte, lehnte er die Angebote der Schwarzhändler ab. Aus Neugier sprach er trotzdem mit einem von ihnen, um die Wechselkurse zu erfahren. Wie sich zeigte, lagen sie nur wenig über dem offiziellen Kurs, was ihn in tiefe Unschlüssigkeit stürzte. Banken gab es reichlich, sie waren geradezu überall in den prachtvollen Gebäuden, deren Baustile vom Rokoko bis zum architektonischen Futurismus reichten. Schließlich fand er sich am Schalter einer Filiale von Crédit Lyonnais wieder. Nicht aus Chauvinismus, sondern weil die Schlange hier etwas kürzer war. Nachdem er sein Bündel Pesos nachgezählt und verstaut hatte, kaufte er sich ein halbes Dutzend Zeitungen, um sich ein Bild von der örtlichen Situation zu machen. An der Plaza de Armas, die die Ahumada fortsetzte, hockte er sich in eine Bierkneipe, die er wegen ihrer Ruhe und relativen Bequemlichkeit (gepolsterte Lehnstühle) gewählt hatte.

Die Schlagzeilen beschäftigten sich mit der Contreras-Affäre. Von einem Zivilgericht zum Tode verurteilt, weil er zur Pinochet-Zeit die Ermordung eines chilenischen Allende-Ministers in den Vereinigten Staaten organisiert hatte, weigerte sich Admiral Contreras, ehemals die rechte Hand des Diktators, dieses Urteil zu akzeptieren. Unter dem Vorwand eines medizinischen Eingriffs hatte er sich in einen Marinestützpunkt zurückgezogen. Ein Großteil der militärischen Führung unterstützte ihn, auch Pinochet selbst zeigte die Zähne. Der Präsident der chilenischen Republik befürchtete Zusammenstöße. Um Contreras zu besänftigen, plante man, ganz für ihn allein ein Sondergefängnis zu bauen.

Pulp überflog zerstreut die anderen Rubriken. Er warf einen belustigten Blick auf das Pin-up-Girl, das nur einen schmalen Slip trug, aber dessen Brustwarzen mit goldenen Sternen verdeckt waren. Die junge Frau im Mittelteil von *La Tercera* war für seinen Geschmack etwas zu üppig, außerdem war ihr Haar wie eine aus mehreren Etagen bestehende Torte aufgetürmt, wie es mal in den sechziger Jahren schick war. Er verweilte einen Moment bei den Reklameseiten, auf denen Autos, Fotoapparate und Computer angepriesen wurden, deren Preise sich kaum von denen in Europa unterschieden. Dann stellte er amüsiert fest, daß keine der Zeitungen auch nur eine Zeile über Frankreich brachte. Nach diesem kleinen Presseüberblick machte er sich an die dicke, in einer Soße schwimmende Fleischscheibe, die der Kellner soeben gebracht hatte. Er spülte sie mit einer herben *chicha* herunter, die er dem Dorada vorzog. Nachdem er sich so ein wenig aufgepäppelt hatte, beschloß er, sich an die Arbeit zu machen. Aus einer Telefonzelle rief er den Korrespondenten von *Le Monde* an.

«Yonnel Cadin?»

«Am Apparat.»

«Gabriel Lecouvreur. Ich rufe Sie auf Empfehlung von Bertrand Audusse an, der mir Ihre Nummer gegeben hat. Haben Sie ein wenig Zeit für mich?»

«Sie sind in Santiago? Dann ist das kein Problem. Sie können jederzeit zu mir kommen. Hat Bertrand Ihnen meine Adresse gegeben? Ist ganz leicht zu finden: Sie nehmen die U-Bahn, und steigen an der Station Providencia aus …»

Die U-Bahn in Santiago sah aus wie eine Schwester der Pariser Metro. Sie war von französischen Unternehmen gebaut worden. Die Waggons waren völlig identisch. Selbst die Uniformen der Kontrolleure und ihre Art, sich zu geben, ähnelte der ihrer französischen Kollegen. Dennoch gab es einen entscheidenden Unterschied: Die U-Bahn in Santiago verkehrte praktisch nur in den wohlhabenden Vierteln. Und sie wurde drakonisch überwacht. Pulp, der diese Einzelheiten noch nicht kannte, war überrascht, daß keine Graffiti, Bettler, Musiker und Straßenhändler zu sehen waren, nicht einmal der geringste Zigarettenstummel.

Providencia schien ihm ein relativ reiches Viertel zu sein. Yonnel Cadin wohnte in einem kürzlich errichteten Gebäude, dessen Eingang mit einer Gegensprechanlage gesichert war. Die allgemein zugänglichen Bereiche waren picobello. Pulp stieg mit einem gut gekleideten Paar aus dem Fahrstuhl, das ihn freundlich grüßte. Cadin war etwa vierzig und sah aus wie ein altgewordener Jugendlicher: Jeans, T-Shirt, lange Haare. Gabriel fielen seine Schuhe auf: Indianermokassins mit Fransen. Der Journalist entschuldigte sich zunächst für die Unordnung in seiner Wohnung. Er befreite einen Korbsessel von einem Bücherstapel und bat seinen Besucher, Platz zu nehmen.

«Mögen Sie *pisco*?»

«Ich trinke lieber ein Bier.»

«Sie müssen sich daran gewöhnen, *pisco* ist ein Zuckerrohrschnaps und *das* Nationalgetränk. Tut mir leid, ein Bier kann ich Ihnen nicht anbieten ...»

Pulp akzeptierte aus Höflichkeit ein Tröpfchen *pisco*. Während Cadin einschenkte, warf er einen Blick auf die Einrichtung. Die Wohnung war recht uneinheitlich möbliert: ein heller Holztisch, eine Metallkonsole mit einem uralten Mac, Korbstühle und eine Bettcouch mit einer knallbunten Decke. An den Wänden hingen verschiedene Gegenstände, darunter einige Musikinstumente, die er für indianisch hielt. Fast überall lagen Bücher und Zeitungen herum.

Sie tauschten einige Banalitäten aus: der lange Flug, das Wetter in Paris.

 «Sind Sie Journalist?» fragte Cadin.
«Nicht direkt. Ich soll für die Firma *Imporsur* einige Nachforschungen anstellen. Haben Sie schon mal von *Imporsur* gehört?»
«Ich glaube nicht. Entschuldigen Sie bitte, wenn ich noch mal nachfrage, Sie sind kein Journalist, darf ich daraus schließen, daß Sie Privatdetektiv sind?»
«Keineswegs. Ich habe diese Nachforschungen übernommen, weil mich die Sache interessiert. Und natürlich auch, weil ich meinen Lebensunterhalt verdienen muß, wie alle anderen auch. Ich arbeite als *free-lancer.* Ich mache alles mögliche, es würde zu lange dauern, das aufzuzählen, und wenn es geht, mache ich am liebsten gar nichts ...»
Die letzte Bemerkung entlockte Cadin ein Lächeln.
«Und Sie gehören auch nicht zu einem offiziellen oder offiziösen Dienst?»
«Um Gottes willen, bloß nicht so was!»
Dieser Ausruf kam von Herzen. Cadin schien mehr oder weniger überzeugt zu sein oder tat zumindest so.
«Um was geht es, Monsieur Lecouvreur?»
«Bertrand Audusse zufolge haben Sie diesen Artikel an *Le Monde* geschickt. Ist das richtig?»
Pulp zog die Fotokopie aus der Tasche und reichte sie dem Journalisten. Dieser stieß ein böses Lachen aus.
«Ich habe ihnen einen viel längeren Text geschickt, aber das ist alles, was sie veröffentlicht haben. Chile scheint die große weite Welt im Moment nicht zu interessieren. Allein über die Contreras-Affäre und über Pinochets Jahrestag habe ich mehrere Artikel geschrieben ...»
Er wirkte ziemlich verbittert.
«Aber Sie sind doch offizieller Korrespondent ...»

«Korrespondent ist ein ziemlich großes Wort. Keine Zeitung kann sich für ein Land wie Chile einen eigenen Korrespondenten leisten. Ich kriege Zeilenhonorar, wenn ihnen mein Artikel paßt. Ab und zu bittet mich eine Zeitung um einen etwas ausführlicheren Text, zum Beispiel bei Wahlen. Keine Sorge, ich lebe nicht allein davon. Ich habe ein zweijähriges Stipendium am Institut für Lateinamerikaforschung und bereite eine Doktorarbeit über die Gesellschaftsstruktur der präkolumbischen Mapuche-Kultur vor.»

«Können Sie mir den Artikel zeigen, den Sie abgeschickt haben?»

«Gewiß. Hier muß irgendwo eine Kopie liegen.»

Er begann in seinen Aktenordnern herumzuwühlen.

«Ah, macht nichts, der Text ist auch noch auf der Festplatte. Ich mache Ihnen einen neuen Ausdruck.»

Er tippte auf seinem Mac herum, und der Drucker begann zu rattern.

«Bitte schön. Wie Sie sehen, waren es ursprünglich fünf Seiten.»

Pulp überflog den Artikel. Es ging um Streitigkeiten zwischen ehemaligen Mitgliedern der Geheimdienste und der chilenischen Justiz. Der Anwalt eines Beschuldigten drohte damit, bestimmte Verbrechen und Delikte der Vorgesetzten seines Klienten zu enthüllen, falls dieser von den Richtern nicht mit Nachsicht behandelt werden würde. Zu den Anschuldigungen gehörte nicht nur diese makabre Geschichte mit den gefälschten Mumien, sondern auch Massenmorde, die Plünderung der Besitztümer der Opfer der Diktatur, diverse Schiebereien und die Organisation eines Kinderprostitutionsnetzes für die feine Gesellschaft.

 «Haben Sie diesen Anwalt getroffen? Ist er seriös?»

«Montoya hat eine Pressekonferenz gegeben, bei der ich allerdings nicht anwesend war. Mehrere Zeitungen haben seine Erklärungen abgedruckt. Ich habe sie aufgehoben und kann Ihnen Kopien machen. Der ausführlichste Artikel erschien in *Punto Final*, den hab ich auch noch da. Das ist eine linksgerichtete Wochenzeitschrift, aber man darf trotzdem nicht alles glauben, was die schreiben. Jedenfalls gab es nichts weiter über die Mumien. Und Ihnen geht es doch um diese Mumien, Monsieur Lecouvreur, nicht wahr? Interessieren Sie sich für Archäologie?»

«Nicht besonders, aber die Firma, die mich bezahlt, schon. Was meinen Sie als Spezialist für Indianerkulturen, ist es möglich, falsche atacamekische Mumien zu fabrizieren?»

«Ah … Es geht um atacamekische Mumien … Dieses Detail wußte ich nicht. Sie müssen wissen, Monsieur Lecouvreur, die Atacameken leben im Norden Chiles und die Mapuche im Süden. Dazwischen liegen zweitausend Kilometer. Die Mapuche und die Atacameken dürften, meines Wissens kaum miteinander Kontakt gehabt haben. Trotzdem ist es möglich, daß ihre Begräbnisriten in einigen Punkten ähnlich sind. Was mich betrifft, so habe ich nicht die Absicht, zum Spezialisten für Indianerkulturen zu werden und erst recht nicht für ihre Begräbnisriten und Einbalsamierungstechniken. Ich untersuche nur einige Aspekte der Mapuche-Kultur. Ich kann Ihnen also nur Allgemeines sagen. Es gibt wissenschaftliche Techniken, mit deren Hilfe man ein Objekt ziemlich genau datieren kann, zum Beispiel die C-14-Methode. Sie haben bestimmt schon mal davon gehört. Das ist eine der Methoden, die Experten anwenden, um zum Beispiel falsche Reliquien und falsche Schweißtücher Christi zu untersuchen, die im Mittelalter oder im 19. Jahrhundert hergestellt wurden. Die Genauigkeit dieser Technik ist, wie ich schon sagte, ziemlich relativ, aber sie genügt, um grobe Fälschungen aufzudecken. Ich weiß nicht, ob diese Mumien, vorausgesetzt, es handelt sich nicht um eine Falschmeldung, von Experten untersucht wurden und von wem. Es ist ziemlich leicht, Gefälligkeitsgutachten oder gefälschte Gutachten zu bekommen. In all diesen Bereichen gibt es ausgezeichnete Fälscher. Und dann ist auch nicht gewiß, ob die Vorwürfe von Montoya und seinem Klienten der Wirklichkeit entsprechen. Sie haben sicherlich gemerkt, daß ich diese Information ziemlich zurückhaltend behandelt habe.»

«Welches Interesse könnte dieser Anwalt haben, sich eine solche Geschichte auszudenken?»

«Montoyas Taktik ist klar: Erpressung. Wenn ihr meinem Klienten nicht entgegenkommt, belastet er seine Vorgesetzten und damit eine Reihe von wichtigen Leuten. Ein Wink mit dem Zaunpfahl in Richtung eben dieser Leute: Kümmert euch darum, meinen Klienten aus der Klemme zu ziehen, wenn ihr nicht wollt, daß eure Namen und eure Schweinereien öffentlich breitgetreten werden. Je schrecklicher die Verbrechen sind, die diese wichtigen Leute angeblich begangen haben oder bei denen sie als Komplizen mitgewirkt haben, um so größer ist der Druck. Was den Horror betrifft, so ist die Realität in Chile unter Pinochet weit über die Fiktion hinausgegangen. Jeden Monat entdeckt man neue Massengräber. Dennoch wurde ein Amnestiegesetz erlassen, und die Öffentlichkeit ist schwach. Von den Familien der Opfer abgesehen, protestieren nur wenige gegen dieses Gesetz. Die politische Klasse ist sich einig, von den

 Christdemokraten bis zu den Sozialisten: Man darf Pinochets Zorn nicht erregen. Pinochet kontrolliert immer noch die Armee. Das war die Bedingung für seinen Rücktritt. Montoyas Klient wird nicht für das verfolgt, was er während der Diktatur gemacht hat, sondern für später begangene Verbrechen. Wenn man nun, auf Beweise gestützt, solche schrecklichen und, ich wage zu sagen, sensationellen Untaten wie diese Mumiengeschichte anprangert, besteht die Gefahr, daß die internationale Presse sich darauf stürzt und daß die Täter auf die eine oder andere Weise nervös werden. Montoyas Klient könnte sich veranlaßt sehen, noch weitere Horrorgeschichten auszuposaunen, in der Hoffnung, daß diejenigen, die, in Klammern gesagt, nur ‹normale› Verbrechen begangen haben, befürchten, mit solchen spektakulären Greueltaten in Verbindung gebracht zu werden, und deshalb rechtzeitig intervenieren, um ihn zu retten und die Affäre zu vertuschen. Aber das ist nur eine ganz persönliche Hypothese …»
«Bis jetzt haben diese Enthüllungen noch keine großen Folgen gehabt», stellte Pulp fest. «Ich weiß nicht, wie es in Chile ist, aber die internationale Presse hat die Sache nicht aufgegriffen …»
Cadin stand auf und ging zum Fenster. Gabriel trat zu ihm. Das Haus überragte eine breite, verkehrsreiche Straße, an der zumeist ansprechende Gebäude standen. Von hier aus betrachtet, sah Santiago wie eine sehr moderne Stadt aus.
«Wissen Sie, was geschieht, wenn die Presse eine bestimmte Information bekommt?» meinte Cadin. «Aus manchmal einfachen, manchmal geheimnisvollen Gründen schlägt sie ein, oder nicht. Dasselbe Ereignis kann zum Knüller werden oder zumindest

einen großen Platz in allen Medien dieser Welt einnehmen, wenn es in einer Saure-Gurken-Zeit eintritt, oder es kann auf ein paar Zeilen reduziert werden, wenn parallel ein Krieg ausbricht oder irgendwo ein Präsident ermordet wird. Manchmal gibt es auch keine Erklärung dafür. Aber man muß Verständnis für die Kollegen haben: Sie ertrinken in einer Informationsflut. Für den, der glaubt, eine Sensation zu haben, und dann einen Flop erlebt, ist das natürlich frustrierend. Ungefähr so ist es mir ergangen: Als ich dieses Papier abgeschickt habe, dachte ich, daß es mehr Aufsehen erregen würde. Vielleicht habe ich meine Karten auch falsch ausgespielt. Wenn ich die Geschichte mit den Mumien mehr in den Vordergrund gerückt und mehr Details angeführt hätte, hätte es wahrscheinlich ein anderes Echo gegeben. Die Situation eines Korrespondenten ist nicht so einfach; es sei denn, er hat einen bekannten Namen, was bei mir nicht der Fall ist. Er kann es sich nicht erlauben, zwei Wochen lang eine richtige Feldforschung zu machen. Das wird von ihm übrigens auch gar nicht verlangt. Die Zeitungen erwarten, daß man über Ereignisse von internationaler Bedeutung berichtet und ab und zu einen Hintergrundbericht liefert, der je nach dem, ob Platz ist, abgedruckt wird oder nicht …»

«Das ist mir schon klar», versuchte Pulp ihn freundlich zu beruhigen, da er befürchtete, daß dieser Grundkurs in Journalistik gar nicht mehr aufhören würde.

«Immerhin kann eine solche Affäre von einem Tag zum anderen wieder hochkommen. Daß Sie hier in Santiago sind, Monsieur Lecouvreur, ist ein Beweis dafür.»

 «Allerdings hat man mich nicht damit beauftragt, ihr noch mehr Öffentlichkeit zu verschaffen. Es handelt sich eher um das Gegenteil. Aber, wie ich Ihnen schon sagte, ich bin völlig unabhängig. Ich habe nichts unterschrieben …»

PULP 4 UND DIE RACHE DER SCHATTEN

«Tut mir leid, aber diesen Artikel hat Enrique Lestepied geschrieben, und Enrique macht zur Zeit Urlaub bei seiner Familie im Süden, in Punta Arena …»

Das Zimmer, das die Redaktion von *Punto Final* beherbergte, war winzig und roch nach kaltem Zigarettenrauch und Speiseresten, die Pulp nicht identifizieren konnte. Ein leerer Teller stand auf einem Haufen Zeitungen, die sich auf einer Ecke des Schreibtisches stapelten, der Gabriel von seiner Gesprächspartnerin trennte. Offenbar hatte sie ihr Mahl am Arbeitsplatz eingenommen. Sie war eine dunkelhaarige Frau mit kantigen Gesichtszügen. Pulp schätzte sie auf etwa vierzig. Trotz der Ringe um die Augen, ihrer glatten Haare und der trockenen Lippen hatte sie einen gewissen Charme. Ihr Blick ließ viel Energie ahnen.

«Das verschafft mir zumindest das Vergnügen, Sie kennenzulernen, Madame …»

Sie reichte ihm über den Schreibtisch die Hand.

«Helena Gimenez. Mich zu treffen ist für Sie in der Tat von Vorteil, denn Enrique hätte bestimmt Schwierigkeiten, ihr Spanisch zu verstehen. Und er spricht kein Wort Französisch, obwohl er ganz entfernt französischer Abstammung ist. Nun gut, wir haben eben eine Menge Nachfahren französischer Einwanderer, und zwar der guten und der schlechten Art. Wie der Name schon sagt, gilt das auch für Pinochet …»

«Pinochets gibt es überall. Bei uns in Frankreich gibt es auch noch eine ganze Menge …»

«Zweifellos, aber nicht alle haben die Möglichkeit, ihre Machtgelüste auszuleben.»

Helena Gimenez sprach ein fehlerfreies Französisch.

«Sie haben fast gar keinen Akzent», machte Pulp ihr ein Kompliment.

«Ich habe siebzehn Jahre in Frankreich gelebt, in Courneuve. Meine Eltern und ich haben Chile 1975 verlassen, und ich bin vor vier Jahren zurückgekehrt, als die Rückkehr der Ausgewiesenen erlaubt wurde. Ich bin eine *retornada*, so nennt man die, die zurückgekehrt sind … Aber ich will Ihnen nicht meine Lebensgeschichte erzählen. Was interessiert Sie an Enriques Artikel?»

«Die Angelegenheit mit den Mumien.»

Sie beugte sich vor, um ihn zu mustern. Er hielt ihrem Blick stand, fühlte sich aber irgendwie unbehaglich, so angestarrt zu werden.

«Ich hoffe, nicht etwa aus morbider Sensationslust, Monsieur Lecouvreur?»

«Ich arbeite im Auftrag des Zwischenhändlers, der, wenn die Geschichte stimmt, diese Mumien vielleicht an Archäologen oder an ein Museum verkauft hat. Er fürchtet einen Skandal, der ihn seine Kundschaft kostet.»

«Dann ist die Information also nach Europa gelangt …»

«Sie scheinen erstaunt zu sein. Wirklich erstaunlich ist nur, daß sie nicht mehr Resonanz gehabt hat.»

«In Europa vielleicht, aber hier haben die Leute so viel durchgemacht, gesehen und gehört, daß sie nichts mehr schocken kann …»

«Das ist schlimm ...»

Sie breitete lächelnd die Hände aus.

«Zweifellos. Aber so ist es nun einmal. Chile ist auf dem Weg der Gesundung. Die Politiker haben Angst, den Kranken zu traumatisieren und einen Rückfall auszulösen, der sie ihre Pfründe kosten könnte. Die Kleinbürger, die sich bereichert haben, wollen weiterhin ihren Wohlstand genießen, ohne von den Klagen der Mütter der Verschwundenen gestört zu werden. Und viele Leute haben ihr Mäntelchen nach dem Wind gehängt. Ich habe in den Ministerien Genossen wiedergetroffen, die ich an der Uni als wütende Revolutionäre kannte. Einmal war ich auf einer Filmpremiere. Der Regisseur stieß mit einem Oberst an. Das ist ein Typ, der großartige Filme gedreht hat und gezwungen war, fünfzehn Jahre in Europa im Exil zu leben. Man könnte glauben, daß er seine Erinnerung oder sein Bewußtsein verloren hat. Jeder will sich sein Plätzchen an der Sonne des chilenischen Wirtschaftswunders verschaffen.»

«Ich bin erst gestern morgen angekommen und hatte noch keine Zeit, dieses Wunder zu sehen.»

«Lesen Sie den Wirtschaftsteil nicht?» fragte sie lächelnd. «Wir sind das einzige Land in Lateinamerika, das die Inflation eingedämmt hat. Mexico, Brasilien und Argentinien stecken tief in der Krise, bei uns stehen die ausländischen Investoren Schlange. Aber sobald Sie das Zentrum von Santiago und das Bankenviertel verlassen, werden Sie Tausende von Leuten sehen, die auf der Straße Plastikkämme, Wegwerfrasierer und Kaugummi verkaufen.»

«Ich weiß, ich habe gestern nachmittag einen Spaziergang gemacht.»

«Sie sollten sich trotzdem nicht zu weit vorwagen,

Monsieur Lecouvreur. Ein freundschaftlicher Rat. Sonst werden Sie das chilenische Wunder aus der Sicht der Slumbewohner entdecken. Wenn es Ihnen in den Sinn kommt, ganz allein durch eine *población* wie Conchali zu gehen, könnte es sein, daß Sie nackt zurückkommen ... Aber ich schweife ab. Sie untersuchen diese Mumiengeschichte also im Auftrag von Archäologen. Ich kann Ihnen im Moment nicht viel helfen.»

«Wollen Sie die Untersuchung nicht fortsetzen?»

«Wir sind eine ganz kleine Redaktion. Wir haben kaum Mittel, und unser Wochenblatt beschäftigt sich hauptsächlich mit Analysen.»

«Und kein chilenischer Journalist wird da nachhaken?»

«Ich weiß nicht. Die meisten Zeitungen haben die Erklärungen von Montoya abgedruckt oder zitiert. Auf dieser Grundlage jemanden freizustellen, der da weiterrecherchiert ... Ganz abgesehen davon, daß diese Art von Nachforschungen gewisse Gefahren birgt, übrigens auch für den Herausgeber. Unserer wäre fast im Gefängnis gelandet, weil er Pinochet kritisiert hat. Ab und zu kommt es auch vor, daß Kollegen Opfer von Raubüberfällen werden oder einfach verschwinden. Das ist wirklich nicht ermutigend. Am besten, Sie sprechen mit Montoya.»

«Was für ein Anwalt ist er? Kennen Sie ihn?»

«Nicht direkt. Ich habe Ihnen ja eben von Leuten erzählt, die sich mit dem System arrangieren. Er ist auch so einer. Früher war er in der MIR. Er hat keine totale Kehrtwendung gemacht, aber viel Wasser in seinen Wein geschüttet ...»

«So viel, daß er einen ehemaligen Schergen von Pinochet verteidigt?»

 «Er verteidigt auch Mitglieder der *Lautaro*-Bewegung und viele Leute, die nichts mit Politik zu tun haben. Man sieht ihn oft im Fernsehen. Er ist ziemlich gerissen. Wenn man ihm vorwirft, daß er Klienten wie Merino annimmt, den Typ, der den Stein ins Rollen gebracht hat, antwortet er, das sei für ihn ein Mittel, die wirklichen Schuldigen zu kritisieren, also die, die Merino die Befehle gegeben haben. Er stellt das als Strategie dar. Außerdem beruft er sich auf die demokratischen Werte und darauf, daß selbst ein Lump wie Merino ein Recht auf Verteidigung hat. Aber ich weiß nicht, was er sagt, wenn er Merino oder seine Chefs vor sich hat …»

«Wer ist Merino? Was wissen Sie von ihm?»

«Nur was in den Zeitungen stand. Er ist in die Ermordung eines Polizeihauptmanns verwickelt, der eine Gang leitete, die auf Schutzgelderpressung spezialisiert war. Unter der Diktatur ist eine regelrechte Mafia entstanden, weil Terrorkommandos und damit auch ihren Komplizen in der Unterwelt Straffreiheit garantiert war. Heute bekämpfen diese Leute sich gegenseitig, begleichen alte Rechnungen, denunzieren einander öffentlich. Sie streiten sich um den Rest vom Kuchen. Merino hat nie eine bedeutende Rolle gespielt. Er war ein kleiner Ganove ohne Format, ein Spitzel der CNI, ein Handlanger. Nur die Häftlinge, die direkt mit ihm zu tun hatten, kennen ihn. Bis zu diesem Mord hat er niemals öffentliches Aufsehen erregt. Man hat ihn vorläufig auf freiem Fuß gelassen. Jetzt ist er auf der Flucht und läßt seine Drohungen über seinen Anwalt verbreiten. Vielleicht ist er ein notorischer Lügner, oder aber ein Teil ist wahr, ein anderer nicht, ich weiß darüber absolut nichts …»

Sie breitete erneut die Arme aus.

«Nun gut, mehr kann ich für Sie nicht tun. Was Sie betrifft, wenn Sie etwas in Erfahrung bringen, seien Sie bitte so nett und rufen mich an. Aber nicht hier im Büro, wir werden bestimmt abgehört. Ich gebe Ihnen eine Nummer, unter der Sie mich erreichen können.»

Sie kritzelte die Nummer auf ein Blatt Papier. Pulp faltete es vierfach zusammen und steckte es sorgfältig in seine Brieftasche.

«Abgemacht, ich werde diskret mit Ihnen Kontakt aufnehmen, wenn ich etwas erfahre.»

Sie begleitete ihn zurück. Im Treppenhaus trafen sie einen jungen Bärtigen in Lederjacke, mit dem Helena sehr schnell in Spanisch sprach. Pulp verstand kein Wort.

«Miguel hat mir gesagt, daß es da auch noch den Richter gibt, der die Angelegenheit untersucht. Ich habe nicht daran gedacht. Es ist eine Frau: Gabriela Nicolls. Sie hat den Ruf, sehr mutig und ehrenhaft zu sein. Qualitäten, die in der chilenischen Verwaltung sehr selten sind. Leider habe ich ihre Adresse nicht. Aber die kann Ihnen bestimmt Montoya geben.»

Der nächste Schritt war logischerweise ein Besuch beim Anwalt. Aber es gab auch noch den Mittelsmann von *Imporsur*, also den Mann, der die Mumien und Kunstgegenstände für Benyamins Kunden beschafft hatte. Seit seiner Ankunft in Santiago hatte Gabriel bereits viermal versucht, ihn anzurufen. Allerdings ohne große Hoffnung auf Erfolg: Wenn es Benyamin nicht gelang, ihn zu erwischen, warum sollte er erfolgreicher sein?

Nachdem er die Redaktion von *Punto Final* verlassen hatte, ging er einige Schritte die Straße entlang. Ein

 Sonnenstrahl drang durch die schwarzen Dunstschwaden, den die Minibusse ausstießen, die die Straße verstopften. Sie rollten dreispurig und Stoßstange an Stoßstange. Es war Feierabendzeit. Manche dieser Vehikel mußten schon ein halbes Jahrhundert auf dem Buckel haben, man fragte sich, wieso sie überhaupt noch fuhren; andere schienen erst gestern die Montagehallen von Mercedes oder Ford verlassen zu haben. Jeder Busbesitzer hatte sein Gefährt nach eigenem Geschmack bemalen lassen. Viele waren knallbunt, manche auch, in eher angelsächsischer Nüchternheit, eintönig schwarz oder grün, nur die funkelnden Chromteile stachen ins Auge.

Dieses Schauspiel lenkte Pulp für ein paar Momente ab. Er begann, sich an Santiago zu gewöhnen. Am Vortag hatte er aufs Geratewohl mehrere dieser Minibusse genommen, um die Stadt zu besichtigen. Im Gegensatz zum Taxi konnte man in diesen Dingern Atmosphäre schnuppern. Pulps Outfit – Jeans, Turnschuhe und Leinenjacke – unterschied ihn nicht von seinen Mitfahrern. Manchmal spürte er allerdings doch, wie er angestarrt wurde. Ein scharfsinniger Fahrgast hatte bestimmte Details entdeckt, die ihn als Ausländer auswiesen. Man fragte ihn nach der Uhrzeit oder sprach ihn einfach an, um herauszufinden, daß man sich nicht getäuscht hatte. Aber im Grunde hatten es die Leute eilig, nach Hause zu kommen, und waren ihren Nachbarn gegenüber genauso gleichgültig wie die Pariser in der überfüllten Metro.

Pulp überlegte, daß es in Paris jetzt etwa zehn Uhr morgens sein mußte. Cheryl öffnete wohl gerade ihren Friseursalon. Es überkam ihn die Lust, ihre Stimme zu hören. Er gab dem Fahrer eines Minibusses ein Zeichen, über dessen Windschutzscheibe «Plaza de Armas» stand. Der Bus hielt direkt vor ihm an. Schnell stieg er ein und zahlte mit einem Hundert-Peso-Stück, was sozusagen der Einheitsfahrpreis war. Er hatte eine Weile gebraucht, um zu kapieren, daß die Busse auf Wunsch hielten. Der Fahrer drehte sein Radio lauter, aus dem *Cumbias* erschollen. Jedenfalls besser als schlechter US-Pop. Gabriel setzte sich neben einen Mann im dunklen Anzug, der in den Sportteil des *Mercurio* vertieft war. Dank seiner Größe konnte er über die Schulter seines Nachbarn mitlesen. Die chilenische Fußballmannschaft hatte eine schwere Niederlage gegen die Brasilianer einstecken müssen. Die Schlagzeile lautete «Nationale Trauer» oder so ähnlich. Der Leser des *Mercurio* war davon offenbar schwer getroffen. Pulp sah sich die anderen Fahrgäste genauer an und merkte, daß er nicht der einzige war.

Er stieg vor der Hauptpost aus, ging in das imposante Gebäude hinein und brauchte eine kleine Weile, um den richtigen Schalter zu finden. Er bat um ein Gespräch nach Paris. Die Warteschlange war lang. Er setzte sich auf eine Bank und schlug den Stadtplan von Santiago auf, um nachzusehen, wo der Anwalt Montoya und der Kontaktmann von *Imporsur* wohnten. Der erste lebte im eleganten Viertel Las Condes, wie zu erwarten war; der zweite in Nunoa, einer Siedlung am Stadtrand. Nach Las Condes konnte er mit der U-Bahn fahren, aber der Weg nach Nunoa war offenbar komplizierter. Als Pulp mit Filzstift ein Kreuz in seinen Plan malte, rief ihm die Angestellte die Nummer seiner Telefonkabine zu.

«Cheryl? Ich bin's ...»

«Ruf später noch mal an, Gabriel, ich habe gerade eine Kundin.»

«Aber, ich rufe aus Santiago an und ...»

 «Ach, du bist wirklich in Santiago! Gut, Liebster, dann melde dich, wenn du wieder zurück bist, ich bin sehr beschäftigt …»

Pulp senkte den Kopf. Eine Frau vom anderen Ende der Welt anzurufen und dann so abgebügelt zu werden! Nun ja, es stimmte schon, er hatte ihr seine Abfahrt erst im letzten Moment mitgeteilt, am Telefon. Das hatte ihr wahrscheinlich nicht gefallen. Es würde sich schon wieder einrenken.

Er ging in eine andere Kabine, für innerstädtische Gespräche, und legte sich einen Stapel Hundertpesostücke zurecht. Zunächst rief er den Vertreter von *Imporsur* an – der Typ hieß Jorge Casado. Er ließ es lange klingeln, machte noch zwei weitere Versuche. Offenbar hatte Casado sich schon seit einer ganzen Weile aus dem Staub gemacht. Vielleicht fürchtete er, wegen dieser Geschichte mit den Mumien Ärger zu kriegen …

Er wählte die Nummer des Anwalts. Es wurde sofort abgehoben: *«Óla?»*

Die Stimme war weiblich und sinnlich. Pulp stellte sich einen dunkelhaarigen Lockenkopf mit schwarzen Augen und einem üppigen Mund vor. Dieser Wunsch ließ ihn nicht weniger stottern.

«Sprechen Sie ruhig Französisch, Monsieur», schlug die Stimme vor, die durch den Akzent noch sinnlicher wurde.

«Ich möchte Rechtsanwalt Montoya sprechen.»

«In welcher Angelegenheit?»

«Ich bin Journalist. Mein Name ist Gabriel Lecouvreur.»

«Für welche Zeitung arbeiten Sie?»

«Für *L'Express*», log Pulp. «Ich rufe auf Empfehlung von Yonnel Cadin an, dem Korrespondenten von *Le Monde*.»

«Sehr gut, ich werde Ihre Bitte an Rechtsanwalt Montoya weiterleiten.»
«Vielleicht können Sie mich zu ihm durchstellen?»
«Das ist leider nicht möglich. Er hat gerade eine Besprechung. Geben Sie mir Ihren Namen und die Telefonnummer Ihres Hotels.»
Die Stimme war immer noch äußerst aufreizend, aber auch sehr resolut. Es war zwar unwahrscheinlich, daß Montoya oder seine Sekretärin im Pariser Büro des *Express* anrufen würde, um die Existenz eines Journalisten namens Gabriel Lecouvrer zu überprüfen, aber die Möglichkeit bestand. Vielleicht wäre es doch besser gewesen, die Wahrheit zu sagen. Aber nun war es zu spät.
«Es ist dringend und wichtig», beharrte er. «Ich werde Santiago morgen verlassen, und es ist absolut notwendig, daß ich Rechtsanwalt Montoya vor meiner Abreise treffe. Es geht um seine Pressekonferenz. Können Sie so freundlich sein, ihm zu sagen, daß ich sofort vorbeikomme? Ich werde so lange warten, wie es sein muß, und ich werde ihn nicht lange aufhalten.»
Er hängte ein, ohne seiner Gesprächspartnerin die Gelegenheit zu geben zu antworten. Zweifellos hielt sie sein Verhalten für grob, aber sie würde seine Anfrage an Montoya weiterleiten, und dieser würde bestimmt interessiert sein. Wenn die Beschreibung seiner Persönlichkeit stimmte, die Helena Gimenez ihm gegeben hatte, war er sicherlich geschmeichelt von der Hartnäckigkeit eines französischen Journalisten. Das gab Pulp die Chance, schnell empfangen zu werden. Denn wenn die bekannten chilenischen Anwälte sich so verhielten wie ihre französischen Kollegen, konnte es gut sein, daß Montoya ihn mehrere Tage warten ließ.

47 In der U-Bahn legte er sich eine Taktik zurecht. Anwälte sagten in der Regel nur das, was ihren Zwecken nützte, aber gegenüber einem ausländischen Journalisten könnte Montoya eventuell geneigt sein, zu zeigen, daß er gut informiert war.
Das Gebäude, in dem sich seine Kanzlei befand, machte einen soliden Eindruck. Es erinnerte an die großbürgerlichen Wohnsitze von *Parly 2* in der Nähe von Versailles: Fassaden mit angeklebten Natursteinen, Balkonbrüstungen aus Plexiglas. Das Schild des Anwalts hing neben dem von zwei Ärzten und einem Zahnarzt. Das Rauschen der Sprechanlage nahm der Stimme von Montoyas Mitarbeiterin zwar ihren Charme, aber ihre Worte glichen diesen Nachteil wieder aus.
«Sie können heraufkommen, Monsieur Legouvreux, Rechtsanwalt Montoya wird Sie empfangen.»
Die Frau, der die Stimme gehörte, hatte ausgeblichenes blondes Haar, war ausgemergelt und etwa fünfzig. So kann man sich täuschen, vor allem am Telefon. Zweifellos entrüstet über das Benehmen des Besuchers, führte sie ihn wortlos ins Refugium ihres Herrn. Dieser kam Pulp mit ausgestreckter Hand entgegen. Er hatte ein Lächeln auf den Lippen und einen zerzausten graumelierten Bart. Er war mindestens zwei Kopf kürzer als Pulp und sah aus wie ein pausbäckiger Zwerg, der in einen schwarzglänzenden Anzug gezwängt worden war. Sein Büro war ein Beweis für seinen Erfolg: Möbel im spanischen Renaissancestil, Gemälde, Teppichboden, dunkle Ledersessel.
«Es ist mir ein großes Vergnügen, einen französischen Journalisten zu empfangen …»
Montoya bat ihn, in einem Sessel Platz zu nehmen, und setzte sich hinter seinen Schreibtisch auf einen

ziemlich hohen Stuhl, so daß er auf seinen Gesprächspartner herunterblicken konnte. Er begann damit, seine Weltläufigkeit und seine Kenntnisse über das politische Leben in Frankreich auszubreiten: «Ihr Präsident ist ja sehr liebenswürdig, aber ich glaube, die Umfragen stehen nicht gut für ihn.» Auch der Anwalt war während der Pinochet-Zeit nach Frankreich geflüchtet. Pulp versuchte ihn sich als mageren Studenten vorzustellen, der sich mit unwürdigen Jobs über Wasser hielt und in Bistro-Hinterzimmern gemeinsam mit anderen Exilierten verbittert seine Erinnerungen widerkäute. Es wollte ihm nicht gelingen. Erfolg und Geld hatten Montoya wahrscheinlich völlig verändert.

«Nun, ich denke, Sie werden sich nicht so sehr für meine Wenigkeit als für die Dinge interessieren, die ich auf meiner Pressekonferenz enthüllt habe. Oder täusche ich mich?»

«Die Sache hatte durchaus ein Echo in Frankreich.»

Gabriel reichte ihm die Kopie der Notiz in *Le Monde*.

«Ich bin auf dem laufenden», sagte der Anwalt. «Ich habe ein halbes Dutzend europäischer Zeitungen abonniert. Wenn ich nicht die Zeit habe, sie zu lesen, legt meine Sekretärin mir eine Auswahl der interessantesten Artikel vor. Ich hatte allerdings damit gerechnet, schon früher angesprochen zu werden ...»

«Ich muß Ihnen gestehen, diese Geschichte mit den gefälschten Mumien, die man aus den Leichen ermordeter Regimegegner gemacht hat, die finde ich ebenso entsetzlich wie faszinierend.»

«Das kann ich verstehen. Aber, wie Sie sicher wissen, Monsieur Legouvreux, der Horror auf unserem Kontinent ist alltäglich geworden und regt niemanden mehr auf. Sie haben zweifellos von den jüngsten Geständnissen eines argentinischen Marineoffiziers gehört, der aus seinem Hubschrauber Hunderte von Opfern ins Meer geworfen hat, mit dem Segen der Kirche …»

«In der französischen Presse war davon die Rede, in der Tat.»

Montoya nickte zögernd und begann mit einem Glaswürfel zu spielen.

«Ich muß Sie enttäuschen, Monsieur Legouvreux, denn ich weiß zu diesem Thema kaum mehr, als ich auf der Pressekonferenz gesagt habe. Es war mein Klient, der unter anderem auch auf diese Affäre zu sprechen kam. Ich habe nur seine Worte wiedergegeben. Das ist alles.»

«Kann ich ihn treffen?»

«Das dürfte schwierig sein, Monsieur Legouvreux. Ich habe es gerade erst erfahren: Merino ist in La Paz ermordet worden.»

5

PULP UND DIE RACHE DER SCHATTEN

José Balaguer versuchte, sich einen Weg durch die Menge zu bahnen, die sich rund um die Plaza Garibaldi drängte.

Wie jeden Samstagabend zog das Restaurant- und Rotlichtviertel eine Unmenge von Leuten an, trotz der Bauarbeiten und des Wetters. Es goß in Strömen. Der Boden war schlammig. Um auf die andere Seite des Platzes zu gelangen, wo sich in einer Markthalle sein Laden befand, mußte er durch schmale Gänge aus Bretterzäunen gehen, die verhindern sollten, daß die Passanten in die riesigen Baugruben fielen. Balaguer hätte nicht sagen können, ob sie da unten eine neue U-Bahn bauten oder die Kanalisation der Stadt reparierten. In Guadalajara, der zweit-

größten Stadt Mexicos, hatte es 1993 eine Katastrophe gegeben, weil Erdöl ins Kanalisationssystem gesickert war. Eine riesige Explosion hatte das Stadtzentrum verwüstet und Hunderte von Opfern gefordert. Hier bauten sie jetzt schon seit Monaten. Die Grube gehörte inzwischen zum gewohnten Stadtbild.
Balaguer hatte das Restaurant seit sieben Jahren. Ein eigenes Geschäft war der Traum eines Lebens gewesen, das in äußerster Armut begonnen hatte. Ohne das Geld der Chilenen hätte er nie das nötige Kapital zusammenbekommen, um die bescheidenen Räumlichkeiten zu übernehmen. Der Platz reichte nur für einen Tresen, zwei Tische mit Stühlen und einen Grill, auf dem Balaguer Hähnchen und kleine Würstchen briet, die von seiner Frau Consuela serviert wurden. Er war nicht sehr stolz auf die Dienste, die er hatte leisten müssen, um so weit zu kommen, aber was soll's, er hatte Kinder zu ernähren. Zu Anfang war sein Restaurant ganz gut gelaufen, aber seit zwei Jahren ging es immer mehr bergab. Das Land machte eine schreckliche Krise durch. Die Kunden wurden weniger und knausriger und die Konkurrenz immer härter. Wenn er die Gewerbesteuer und die Ware bezahlt und überdies dem fetten Polizisten, der die Passage kontrollierte, seinen Anteil gegeben hatte, blieb kaum noch etwas übrig, um seine Familie über die Runden zu bringen. Er dachte oft, daß Gott ihn für das, was er getan hatte, zahlen ließ, denn er war abergläubisch. Aber auch die anderen Geschäftsleute hatten Schwierigkeiten, sich über Wasser zu halten, obwohl sie, soweit er wußte, den Himmel nicht durch solche Taten beleidigt hatten.
Balaguer kam an einer *mariachi*-Gruppe vorbei, die sich unter große schwarze Regenschirme duckte. Ihre

 Stiefeletten und betreßten Hosen waren dreckverschmiert. Obwohl sie halb erfroren waren, spielten sie ein paar Takte, um mögliche Kunden anzulocken, die sie in ihre Wohnung oder ihr Haus mitnehmen würden, um schön im Warmen ein Fest zu feiern. Balaguer kannte sie seit Jahren. Auch sie hatten in diesen Zeiten kaum Einnahmen. Er lächelte ihnen aufmunternd zu, worauf sie mit Augenzwinkern antworteten. Ein Stück weiter kam er an einem Schuhgeschäft vorbei, dessen Stände mit Plastikfolien abgedeckt waren. Dann kam eine Nachtbar, die eine Pendeltür wie ein Westernsaloon hatte. Dahinter konnte man eine Brünette mit Büstenhalter und einer Blume im Haar erkennen, die sich die Oberarme rieb, weil ihr kalt war. Der Rausschmeißer des Schuppens, ein Schnurrbartträger mit tropfnassem Sombrero, tauschte mit Balaguer vielsagende Blicke. Schaulustige spähten nach der Tänzerin, gingen aber nicht hinein. Unaufhörlich zogen sie um den Platz herum und schoben den Moment der Entscheidung auf, für was sie ihre Pesos auf den Kopf hauen sollten, wenn sie denn welche hatten.

Als Balaguer am anderen Ende des Platzes ankam, rempelte ihn ein Unbekannter mit der Schulter an und drückte ihn gegen den Bauzaun. Er wollte protestieren, aber eine glänzende Klinge in der Hand des Unbekannten hielt ihn davon ab. Zuerst dachte er, es handelte sich um einen, den der Tequila aggressiv gemacht hatte, was in diesem Viertel häufiger vorkam, und wollte ihn mit einem Scherz oder durch die Einladung zu einem weiteren Gläschen beruhigen. Balaguer hatte schon öfter mit solchen Leuten zu tun gehabt, er wußte sich zu helfen. Aber der Blick des anderen überzeugte ihn, daß es diesmal ernster war. Er war vor Angst wie gelähmt. Der Dolch mit dem Griff aus Horn drang in seine Brust ein, noch bevor er irgendeine Abwehrbewegung machen konnte. Er beugte sich vor, schwankte und versuchte verzweifelt, sich am Zaun festzuhalten. Seine Fingernägel zerfetzten ein aufgeweichtes Plakat von Präsident Ernesto Zedillo. Der Mörder stieß ihn mit seinem Stiefel unter der Absperrung hindurch. Balaguer stürzte hinunter. Sein Körper, für einen kurzen Moment ein heller Fleck über dem Grund der Baugrube, fiel in eine graue Schlammpfütze, so daß man ihn von oben nicht mehr erkennen konnte. Wäre dem nicht so gewesen, hätte das auch nichts an seinem Schicksal geändert, denn er war tödlich getroffen, und niemand wäre auf die Idee gekommen, sich hinzuhocken und durch die Lücke im Bauzaun hinunterzuspähen. Die meisten Passanten hatten nichts bemerkt, nur zwei Frauen hatten die Szene beobachtet. Das zerrissene Porträt von Präsident Zedillo ließ vermuten, daß es sich um eine politische Abrechnung handelte, weshalb sie eilends den Ort verließen, ohne sich um das Opfer zu kümmern, das erst am Montag morgen von Bauarbeitern gefunden wurde.

PULP 6 UND DIE RACHE DER SCHATTEN

«Man hat ihn in einer Straße von La Paz mit einem Dolch im Rücken gefunden», präzisierte Montoya. «Das habe ich ganz schlicht in der Zeitung gelesen.»

«Was können Sie mir über Merino sagen?»

«Nichts Besonderes. Vor dem Putsch war er ein kleiner Ganove ohne Format: bewaffnete Überfälle, verschiedene Dealereien, bestimmt auch Spitzeldienste. Die DINA hat eine ganze Reihe solcher Leute rekrutiert.

 Nach 74 hat er also für die DINA gearbeitet, dann für die CNI. Wahrscheinlich hat er Leute denunziert, aber, soweit ich weiß, hat er niemanden geschlagen oder gefoltert. Er steht nicht auf den Listen der Menschenrechtsorganisationen, die die Verurteilung der Folterer fordern ...» Der Anwalt lehnte sich zurück und lächelte. «Sonst hätte ich ihn auch nicht verteidigt. Viele meiner Freunde sind gefoltert und umgebracht worden. Ich selbst bin nur mit Mühe diesem Schicksal entgangen, Monsieur Legouvreux ...»

«Trotzdem ist er ein Komplize dieser Folterer ...»

«Gewiß, gewiß ... Das bestreite ich nicht. Aber sehen Sie, eine Person wie Merino zu verteidigen ist auch ein Mittel, die Verantwortung der Leute öffentlich zu machen, die ihn manipuliert haben. Ich verfolge auf meine Weise eine ähnliche Strategie wie jener französische Kollege, der Barbie verteidigt hat, bei der Gelegenheit daran zu erinnern, daß nicht alle Folterer Deutsche waren und daß einige Ihrer Mitbürger im Algerienkrieg genauso schreckliche Verbrechen begangen haben. Können Sie mir folgen?»

«Aber nun haben Sie keine Gelegenheit mehr, ihn zu verteidigen ...»

«Ich bedauere das, das können Sie mir glauben. Ich habe ihm geraten, sich zu stellen und sich in den Schutz der Polizei zu begeben ...»

Pulp mußte höhnisch grinsen.

«Ja, ich weiß, was Sie denken ... Er hätte auch im Gefängnis ermordet werden können. Aber ich für meinen Teil glaube das nicht. Richterin Nicolls hätte ihn abgeschirmt und bewachen lassen. Sie ist eine sehr energische und entschlossene Frau ...»

«Können Sie mir ihre Adresse geben?»

«Sie rufen im Justizpalast an, berufen sich auf mich

und sagen, daß Sie Journalist sind. Sie wird Sie bestimmt empfangen. Aber ich habe weder ihre Telefonnummer noch ihre Adresse.»

«Und die Affäre, wegen der Merino angeklagt wurde?»

«Viele Ehemalige von der CNI sind wieder zu ihren alten Geschäften zurückgekehrt und haben Gangs gebildet. Diejenige, zu der Merino gehörte, wurde von Capitano Lazaro Silvera geleitet. Ich weiß von seinen Aktivitäten nur, was in der Presse stand: Eintreibung von Schutzgeld, Erpressung etc. Lazaro ist vor drei Monaten ermordet worden. An der Ecke der Calle San Antonio aus einem Auto heraus niedergeschossen. Das fragliche Fahrzeug war ein Ford Falcon, das Lieblingsmodell der Killer von der DINA und CNI. Ein Zeuge hat später ausgesagt, er hätte Merino in dem Wagen erkannt. Sein Foto ist in den Zeitungen veröffentlicht worden, und einen Tag danach ist Merino zu mir gekommen. Genauer gesagt, er hat mich in meinem Büro erwartet. Er ist eingedrungen, ohne etwas zu beschädigen, mit selbstgemachten Schlüsseln. Sie können sich vorstellen, daß mir das nicht gefallen hat. Trotzdem habe ich ihn angehört. Ich weiß nicht, ob er gefährlich war. Er schien ziemlich nervös zu sein. Er hat mir erklärt, daß er nicht für andere bezahlen würde, daß er an der Ermordung von Silvera nicht teilgenommen habe, daß er aber viele Dinge wüßte und daß er, wenn man ihn reinlegen wollte, auspakken würde.»

«Das hat Sie dazu gebracht, ihn zu verteidigen?»

Montoya verstummte einen Moment.

«Unter anderem», sagte er schließlich.

Pulp vermutete, daß Merino noch andere Argumente aufgefahren hatte, um den Anwalt zu überzeugen,

vielleicht hatte er ihm einfach einen Haufen Geld bezahlt. Aber es war unnütz, Montoya mit dieser Frage zu irritieren, die an der Sache ja nichts änderte.
«Und dann?»
«Ich habe ihn zwei Tage später wiedergetroffen, im Café Henry, wo er mich hinbestellt hatte. Er hatte sich mehr oder weniger verkleidet, mit einer Sonnenbrille und einem falschen Bart, was mir ein wenig naiv erschien, man hätte ja auch mich verfolgen können. Während dieses Essens haben wir die Presseerklärung verfaßt, und er kam auf die Affäre mit den Mumien zurück. Er hat mir bestätigt, daß er Beweise dafür hätte. Danach habe ich ihn nicht mehr gesehen.»
«Er hat nichts bei Ihnen hinterlegt? In einer solchen Situation hinterlegt man die Beweise doch bei einer Vertrauensperson, die sie veröffentlicht, wenn einem etwas zustößt. Als eine Art Lebensversicherung.»
Der Anwalt verzog das Gesicht.
«So wird das in der Tat in solchen Fällen gehandhabt, aber Merino hat mir kein Dokument übergeben. Vielleicht hatte er die Absicht, das später zu tun, oder er hat sich an jemand anderen gewandt … Vielleicht hat er geblufft. Ich weise darauf hin, daß ich immer den Konjunktiv benutzt habe, wenn ich von seinen Enthüllungen gesprochen habe …»
Montoya wiederholte sich. Gabriel sagte sich, daß er nicht mehr aus ihm herausbekommen würde. Um seine Journalistenrolle zu Ende zu spielen, schlug er dem Anwalt vor, ihn zu fotografieren. Dieser nahm bereitwillig verschiedene Posen ein: hinter seinem Schreibtisch beim Umblättern einer Akte, am Fenster beim Telefonieren mit seinem unters Kinn geklemmten schnurlosen Telefon, in seinen Sessel zurückge-

lehnt, mit einer Zeitung auf den Knien, die von seiner Pressekonferenz berichtete.

Pulp hatte Lust, sich die Beine zu vertreten. Mit dem Stadtplan von Santiago bewaffnet, ging er eine breite Prachtstraße bis Providencia hinunter. Hier gab es einige Luxusgeschäfte. Gabriel warf einen zerstreuten Blick hinein. Ein Schaufenster erregte seine Aufmerksamkeit: Schuhe amerikanischer Herkunft, die in Paris für tausend Francs verkauft wurden, gab es hier für 60 Dollar. Warum nicht? Er konnte ein Paar Schuhe gebrauchen, in denen er bequem laufen konnte, andererseits war seine Tasche schon schwer genug ... Während er noch überlegte, huschte ein flüchtiges Bild über die Fensterscheibe der Boutique: ein Typ mit einer Kamera mit großem Teleobjektiv, der von der Straßenseite her Aufnahmen machte.
Das Bild des unbekannten Fotografen glitt über die Fensterscheibe und verschwand. Pulp betrat das Geschäft. Er ging um den agilen Verkäufer im sorgfältig gebügelten Hemd herum, der sich auf ihn gestürzt hatte. So hatte er einen freien Blick auf die andere Straßenseite. Der Mann mit dem Teleobjektiv war verschwunden oder hatte seine Kamera weggesteckt. Gabriel konnte ihn unter den Passanten nicht mehr ausmachen. Zehn Minuten später verließ er den Laden mit neuen Ami-Tretern an den Füßen und der Überzeugung, daß er von nun an etwas vorsichtiger vorgehen sollte: Seine Neugier könnte den Leuten mißfallen, die Merino um die Ecke gebracht hatten ...
Er ging zu Fuß weiter und beobachtete unauffällig, was hinter ihm geschah. Ihm fiel nichts auf. Plötzlich fühlte er sich ein wenig schwach. Er glaubte zunächst, daß die Ortsveränderung und Zeitverschie-

 bung dafür verantwortlich waren, dann fiel ihm auf, daß es schon nach 14 Uhr war und er seit 7 nichts mehr gegessen hatte. An der nächsten Ecke lag ein großer Fast-Food-Schuppen, der haargenau so aussah wie alle Etablissements dieser Art, bis hin zur nervtötenden Musik, den Kitteln der Bediensteten und den Fotos von Hollywood-Stars an den Wänden. Eine Kundschaft von schicken jungen Leuten äffte die Mode der US-Unis nach, stopfte Hamburger in sich hinein und schlürfte Pepsi. Die Exotik war gleich Null, aber Gabriel fürchtete, in ein mieses Lokal zu geraten, in dem er sich den Magen verderben würde. Er setzte sich und studierte angewidert eine verschmierte Karte in Englisch. Am Nachbartisch setzten zwei Blondinen eine verführerische Miene auf, um ihre Wirkung auf den Ausländer zu testen. Er ignorierte es. Sie gaben auf.

Nachdem er sich den Bauch mit verschiedenen zweifelhaften Dingen verkleistert hatte, war ihm die Lust vergangen, zu Fuß zu gehen. Er stieg in ein Taxi und zeigte dem Fahrer den Zettel, auf dem er die Adresse von Jorge Casado notiert hatte, dem Geschäftspartner von Benyamin. Dieser Schritt bot sich an, obwohl er sich nichts Großartiges davon versprach.

Die Fahrt dauerte nur zwanzig Minuten, so daß Gabriel Santiago nicht aus einem anderen Blickwinkel zu sehen bekam. Das Vorstadtviertel Nunoa war relativ wohlhabend, nicht so luxuriös wie Las Condes, aber die Atmosphäre wirkte friedlich. Die Häuser waren recht gut in Schuß. Außer einigen Typen, die ihre Autos putzten, war kaum jemand auf den Straßen. Jorge Casado wohnte in einem Appartement in der dritten Etage eines Backsteinhauses. Sein Name stand auf einem Schild neben der Sprechanlage, ebenso, et-

was hochtrabend, die Berufsbezeichnung «Business Adviser».
Pulp drückte auf die Klingel, mehrfach. Wie erwartet, keine Reaktion. Daher klingelte er bei irgendwelchen Nachbarn. Nach mehreren Versuchen ging die Tür auf. Er trat in ein düsteres Treppenhaus und wurde sofort angesprochen. Er hob den Kopf und bemerkte eine Silhouette am Treppengeländer im ersten Stock. Das Licht ging an. Eine etwa fünfzigjährige Frau in Schlafrock und Pantoffeln, weder hübsch noch häßlich. Sie schien mißtrauisch zu sein.
«Ich wollte zu Jorge Casado. Aber da meldet sich niemand.»
«Er ist nicht da. Er reist viel. Vielleicht ist er in Europa oder in den Vereinigten Staaten. Und Sie, woher kommen Sie?»
«Aus Paris. Ich arbeite für einen Geschäftsfreund von Señor Casado.»
Die Frau war anscheinend beruhigt und sogar geschmeichelt, einen Reisenden zu treffen, der von so weit her kam. Sie lud ihn zu einem Kaffee ein. Ihre Wohnung war winzig und mit allen möglichen Möbeln und Antiquitäten vollgestopft. Es war schwierig, einen Schritt zu machen, ohne etwas umzustoßen. Sie verschwand und kam mit Tassen auf einem Tablett zurück, das sie auf einen einbeinigen Tisch stellte. Sie hatte ihren Schlafrock gegen eine hautenge Hose und ein rotes T-Shirt getauscht, was ihr ein energischeres Aussehen gab, aber nicht genügte, sie verführerisch zu machen. Pulp trank seinen Kaffee und plauderte ein wenig. Sie lobte seine Spanischkenntnisse.
«Ist Señor Casado schon lange fort?»
 Die Frau zählte an den Fingern ab.

«Ich habe ihn mindestens einen Monat nicht mehr gesehen.»

Einen Monat, das fiel mit der Pressekonferenz von Montoya zusammen …

«Hat er Ihnen gesagt, daß er weggehen würde?»

«Nein, aber wir hatten nur wenig Kontakt. Er ist nur einmal in drei Jahren vorbeigekommen … um sich einen Korkenzieher zu leihen.» Sie lachte. «Und er hat ihn nicht mal zurückgegeben …»

Vielleicht bedauerte sie, daß Casados Besuche nicht häufiger waren.

«Hätten Sie etwas dagegen, wenn ich mal in den dritten Stock raufgehen würde?»

«Ich versichere Ihnen, er ist nicht da. Ich hätte ihn gehört. Aber wenn Sie unbedingt wollen …»

Sie stieg vor ihm die Treppe hinauf. Sie hatte immerhin noch einen wohlgerundeten Hintern und eine schlanke Taille.

«Hier wohnt niemand», sagte sie, als sie im zweiten Stock ankamen. «Das Appartement ist zu vermieten, aber der Vermieter will zuviel dafür haben.»

Sie hielt inne, atmete tief ein und wechselte einen Blick mit Gabriel, der auch schon den Gestank wahrgenommen hatte …

Die Tür war nur angelehnt. Pulp klopfte für alle Fälle an und trat ein, ohne lange eine Antwort abzuwarten. Es verschlug ihm den Atem. Der Anblick, der ihn erwartete, überraschte ihn nicht, aber dennoch blieb er stehen und kämpfte mit dem Brechreiz. Er riß sich zusammen, verzichtete aber darauf, sich dem Leichnam zu nähern, auf dem alle möglichen Insekten herumkrabbelten. Eine Ratte huschte ihm durch die Beine. Er ging zurück ins Treppenhaus, wo die Nachbarin wartete.

«Wenn Sie nicht unbedingt Ihren Korkenzieher wiederhaben wollen, rate ich Ihnen, sich das nicht anzusehen …»
Sie senkte den Kopf und trat ein. Vielleicht hatte sie den Sinn seiner Worte nicht verstanden. Oder sie war einfach neugierig. Gabriel spannte die Schultern in Erwartung des Geheuls, das sie ausstoßen würde, wenn sie den verwesenden Leichnam entdeckte, aber kein Schrei erschütterte die Stille. Wenn man die Ohren spitzte, vernahm man ganz aus der Ferne *Cumbia*-Klänge. Die Nachbarin schien ihm ziemlich lange zu bleiben. Fand sie einen morbiden Gefallen an diesem Besuch, oder war sie in Ohnmacht gefallen?
Gabriel bereitete sich innerlich darauf vor, ihr zu helfen, als sie wiederauftauchte. Blaß wie der Tod. Ihren Korkenzieher in der Hand.
«Ich habe ihn in der Küche gefunden», sagte sie, bevor sie in seinen Armen zusammensackte.

PULP UND DIE RACHE DER SCHATTEN 7

«Was hatten Sie bei Jorge Casado zu suchen?»
«Geschäfte», antwortete Gabriel.
Er hatte genug Zeit gehabt, sich auf diese Frage vorzubereiten. Sein Gesprächspartner sprach ein brauchbares Englisch. Er war jung, aber nicht jung genug, um seinen Polizistenberuf nicht unter der Pinochet-Diktatur begonnen zu haben. So wie er aussah, mit seinem blonden Bart, seinem schlichten blauen Anzug und seinem weißen Hemd, machte er allerdings keinen bösartigen Eindruck.
«Geschäfte», wiederholte er, «Sie sind also Geschäftsmann, Mister Lecouvreur.»
 «Zwischenhändler. Ich biete Verschiedenes an, aber

ich fürchte, mit Jorge Casado werde ich wohl nicht mehr ins Geschäft kommen.»

«Verstehe. Und für welche Firma arbeiten Sie?»

«Ich arbeite freiberuflich. Ich spüre interessante Angebote auf und verkaufe sie an den Meistbietenden.»

«Und Sie sind zum ersten Mal in Chile? Was hat Sie hierhergeführt?»

«Die wirtschaftliche Dynamik ... Chile ist ein Land im Umbruch, einer der wenigen lateinamerikanischen Staaten, die den wirtschaftlichen Durchbruch schaffen werden», rezitierte Pulp mit größtem Ernst.

«Ach ja?»

«Absolut. In keiner französischen Zeitung liest man etwas anderes.»

Der Polizist errötete vor lauter chauvinistischer Befriedigung. Er stand auf, ging um seinen Schreibtisch herum und reichte ihm die Hand.

«Nun gut, ich wünsche Ihnen, daß Sie gute Geschäfte in unserem Land machen und nicht wieder solche unerfreulichen Begegnungen haben ...»

War er so dumm, wie es schien, oder tat er nur so? Gabriel verließ das Kommissariat, ohne sich darüber klargeworden zu sein. Im Vorübergehen grüßte er mit einem ironischen Lächeln die beiden Polizisten, die am Eingang Wache hielten. Die Zerberusse, Riesen, die in Uniformen mit tadelloser Bügelfalte gezwängt waren, zuckten nicht mit der Wimper. Es war bestimmt besser, als Tourist hierherzukommen und nicht als Kunde.

Angesichts des Zustands der Leiche und von Pulps Ankunftsdatum in Santiago war es unmöglich, ihm etwas in die Schuhe zu schieben. Das erklärte zweifellos das Wohlwollen der Polizisten und die Kürze der Be-

fragung. Gabriel beglückwünschte sich, daß er nach der Entdeckung der Leiche nicht sofort abgehauen war, wie er es zunächst vorgehabt hatte. Aber was sollte er jetzt tun? Benyamin anrufen und ihm einen Lagebericht geben? Nach reiflicher Überlegung entschied er sich dagegen. Es könnte sein, daß Benyamin Schiß bekam und die Partie aufgab – und somit auch nicht weiter seine Spesen zahlte.
Es war mittlerweile zu spät für eine Verabredung mit Richterin Nicolls. Pulp schlug den Weg zu seinem Hotel ein, das laut Plan nicht weit vom Ersten Kommissariat entfernt lag, in das ihn die Polizisten geschleppt hatten. Er hatte das dringende Bedürfnis, zu duschen und sich umzuziehen; er fühlte sich, als ob das Ungeziefer, das den Leichnam von Jorge Casado bedeckt hatte, unter seine Klamotten gekrochen wäre und seinen eigenen Körper beschmutzt hätte. Ein argentinischer Touristenschwarm war in das Hotel eingefallen. Die Frauen trugen Shorts, obwohl es eigentlich gar nicht so warm war. Ihre zellulitischen Schenkel, ihr übertriebenes Make-up und ihre riesigen Haarknoten erinnerten an die weiblichen Monster in Fellini-Filmen. Ihre Männer waren vom gleichen Kaliber, schmerbäuchig und vulgär. Sie führten sich auf wie in einem eroberten Gelände, klatschten in die Hände und grölten «Óla chica!», wenn sie sich an das weibliche Personal des Hotels wandten, das mit Müh und Not dieser Invasion standhielt. Mit einiger Anstrengung gelang es Pulp, sich eine Gasse durch diese Menschenmasse zu bahnen und seinen Zimmerschlüssel zu bekommen. Er verzichtete auf den Fahrstuhl, da er fürchtete, zwischen zwei oder drei dieser Gorgonen zerquetscht zu werden. Die Dusche vor seinem geistigen Auge, sprang er die Treppenstufen hinauf, hätte

fast ein von oben kommendes Zimmermädchen mit riesigem Wäschestapel umgerannt und kam japsend vor seinem Zimmer an. Erst als er die Tür hinter sich geschlossen hatte, bemerkte er den Mann, der im einzigen Sessel saß.

«*Buenos dias, Señor*», sagte er höflich. «Ich muß mich im Zimmer geirrt haben.»

«Sie haben sich nicht geirrt», sagte der Mann. «Aber um diese Tageszeit sagt man *buenas tardes*.»

Er sprach zwar Spanisch, aber sein Akzent klang anders als alles, was er bis jetzt in Santiago gehört hatte.

«Nun denn, *buenas tardes, Señor*», erwiderte Gabriel immer noch freundlich. «Was verschafft mir die Ehre Ihres Besuches?»

Mit einem Schnipsen öffnete der Besucher sein Jak-kett und ließ einen Holster sehen, aus dem ein vernik-kelter Pistolengriff ragte.

«Bleiben Sie, wo Sie sind, ziehen Sie Ihre Jacke aus, und werfen Sie sie rüber, und zwar ohne abrupte Bewegungen, die ich falsch auslegen könnte.»

Pulp gehorchte. Der Mann hob die Jacke auf, tastete die Taschen ab, zog die Brieftasche heraus und breitete den Inhalt vor sich auf dem Teppich aus.

«Wo ist denn Ihr Reisepaß?»

«Im Hotelsafe. Ich habe eine Kopie gemacht. Man hat mir diese Vorsichtsmaßnahme empfohlen.»

«Das ist in der Tat vernünftig. Unvernünftig ist es allerdings, überall und jedermann Fragen zu stellen, die Sie nichts angehen.»

Der Mann stand auf und lehnte sich mit dem Rücken gegen das Fenster, so daß Pulp feststellen konnte, daß er athletische Schultern hatte und mindestens fünf Zentimeter größer war als er selbst. Seine Visage paßte zum Rest: blonder Bürstenschnitt, rasierter Nacken, blaue und kalte Augen, eckiges Kinn. Sicher kein leichter Gegner, aber auch er hatte wahrscheinlich eine Achillesferse. Vielleicht seine Selbstsicherheit. Dieser Typ war so von sich überzeugt, daß er nicht mal seine Knarre gezogen hatte …

«Polizei?» fragte Pulp.

«Ich stelle hier die Fragen.»

«Entschuldigen Sie, Señor, ich habe nicht richtig verstanden. Was wollen Sie wissen?»

«Für wen arbeiten Sie?»

«Wie ich schon Ihren Kollegen gesagt habe, ich arbeite selbständig, ich suche interessante Warenangebote und …»

«Wenn Sie mich weiterhin verarschen, muß ich andere Methoden aufziehen. Ich werde meine Frage nicht sechsunddreißigmal wiederholen: Für wen arbeiten Sie? Warum haben Sie sich mit Rechtsanwalt Montoya getroffen?»

«Die Dienste eines Anwalts können in einem fremden Land immer von Vorteil sein», riskierte Pulp.

Der blonde Riese grinste und schob seine Hand ins Jackett. Gabriel dachte, er würde ihm seinen Revolver unter die Nase halten, aber in der Hand des Mannes blitzte eine schmale Stahlklinge auf. Er prüfte die Spitze mit dem Zeigefinger und trat einen Schritt auf Pulp zu.

«Wenn Sie mir nicht bald antworten, schneide ich Ihnen einen Finger ab, und dann …»

«Und dann?»

«Steche ich Ihnen ein Auge aus.»

Diese Aussichten schienen ihm viel Freude zu machen.

 Gabriel erinnerte sich, daß Merino in La Paz erstochen

 worden war und Jorge Casado anscheinend auch …
Auch er trat einen Schritt auf den anderen zu und hob flehend die Hände.
«Na gut, ich sage Ihnen alles, was Sie wollen, aber, *por favor, Señor*, stecken Sie dieses Ding weg», jammerte er.
Trotz Pulps unterwürfiger Haltung machte seine Vorwärtsbewegung den anderen nervös. Die Dolchspitze richtete sich auf Gabriels Kehle.
«Keine Bewegung mehr, Señor. Und jetzt los! Bitte kurz und präzise.»
Pech gehabt, dachte Pulp, das ist ein echter Profi.
Er öffnete den Mund, aber kein Ton kam heraus. Seine Lippen schienen zu zittern wie bei jemandem, der vor Schreck gelähmt war. Der Druck der Messerspitze verstärkte sich. Das war das einzige Ergebnis dieser kleinen Komödie.
«Ich warte!»
Vor Pulps geistigem Auge erschien der mit Ungeziefer bedeckte stinkende Leichnam von Jorge Casado.
«Ich arbeite für ein europäisches Museum», blufften er.
«Das Amsterdamer Nationalmuseum …»
Er hatte keine Ahnung, ob es ein Amsterdamer Nationalmuseum gab, aber der Druck hörte auf. Er tastete nach seiner Kehle und stellte fest, daß Blut durch seine Finger rann.
«Ein Museum?»
«Ja, sie wollen wissen, ob die Mumien, die man ihnen verkauft hat, echt sind, das ist alles. Der Rest, Ihre alten Geschichten unter Chilenen, interessiert sie nicht. Und was mich betrifft, mich auch nicht …»
«Ein Museum», wiederholte der Mann. «Das ist es also. Nun gut, hören Sie mir zu, Señor Lecouvreur …»
Es blieb ihm keine Zeit, mehr zu sagen. Mitten auf sei-

ner Stirn erschien ein schwarzer Punkt. Ein Blutstrom überschwemmte sein Gesicht. Er wurde zurückgeschleudert und fiel mit herunterhängenden Armen rückwärts auf den Sessel.

Pulp drehte sich ruckartig um. Er kreuzte den Blick des Killers, eines Mestizen mit zernarbtem Gesicht. Pulp stürzte zum Flur. Der Mann verschwand, mit schnellem Schritt, aber ohne zu rennen. Pulp machte sich an die Verfolgung. Eine geöffnete Tür bremste seinen Elan. Eine Gruppe von Argentiniern in Abendkleidung überflutete den Gang.

«Sind Sie verletzt?» fragte eine Frau in einem hautengen schwarzen Kleid besorgt.

«Ich habe mich beim Rasieren geschnitten. Das ist nichts.»

Er flüchtete vor der Fürsorge der Argentinier, stürzte in sein Zimmer, verriegelte die Tür zweimal und lehnte sich mit dem Rücken dagegen.

Zwei Leichen innerhalb weniger Stunden. Das war ein bißchen viel. Die Polizei würde ihn nicht so zuvorkommend behandeln wie beim letzten Mal. Vor allem wenn dieser Typ selber ein Bulle war …

Pulp sammelte seine Papiere ein, die immer noch auf dem Boden verstreut waren, und steckte sie in seine Brieftasche. Dann machte er sich daran, den blonden Riesen zu durchsuchen, wobei er sich die Nase zuhielt und darauf achtete, daß er sich nicht mit Blut beschmierte. Die Leiche stank zwar nicht so sehr wie die von Jorge Casado, aber sie roch trotzdem nicht gut. Eine ekelerregende Pfütze breitete sich auf Sessel und Fußboden aus.

Der Tote hatte einen US-Paß mit dem Namen Ralph Dillon. Seine Brieftasche enthielt verschiedene Dokumente, die auf denselben Namen ausgestellt waren,

Kreditkarten, fünf Hundertdollarscheine, sechs zu fünfzig und zwei zu tausend Pesos. Pulp nahm das Geld und steckte die Brieftasche und den Paß wieder an ihren Platz. In den Seitentaschen des Jacketts fand er einen großen Briefumschlag, einen Taschencomputer und ein Flugticket. Er öffnete den Umschlag und ließ zwei Fotos herausgleiten. Eins war von einem Unbekannten indianischen Typs. Das andere zeigte Pulp vor dem Schuhgeschäft. Die beiden Abzüge hatten ein unterschiedliches Format. Auf der Rückseite seines Fotos war ein Stempel der Firma Reischneider mit Adresse, Avenida de Alameda. Auf dem des Indianers der Stempel eines Schnellentwicklungslabors in der Calle Velasquez in Mexico City.

Gabriel hätte am liebsten Dillons Revolver eingesteckt, verzichtete aber doch darauf. Mit dieser Waffe wäre er nicht durch die Flughafenkontrollen gekommen. Und er wollte Santiago verlassen, bevor die Leiche des Amis entdeckt wurde. Mit ein bißchen Glück würde vor morgen keiner das Zimmer betreten. Die Hotelangestellten hatten genug mit den Argentiniern zu tun und keinen Grund hierherzukommen, da Pulp im voraus bezahlt hatte. Es sei denn, ein Komplize von Dillon machte sich Sorgen über sein Verschwinden und alarmierte sie …

Gabriel stopfte hastig seine Sachen in seine Tasche, überprüfte, ob er nichts vergessen hatte, schloß die Tür ab und ging auf der Treppe zum Erdgeschoß hinunter. Er fürchtete, daß der Empfangschef ihn fragen würde, ob er das Hotel verlassen wolle, als er ihn um seinen Paß aus dem Safe bat. Aber der Mann war viel zu sehr mit den Argentiniern beschäftigt, die anscheinend *Santiago by night* besichtigen wollten und auf ihren Bus warteten. Ohne daß sich jemand für ihn interessierte, konnte er die Halle durchqueren und auf die Straße hinaustreten.

Er nahm das erstbeste Taxi und ließ sich zum Flugplatz fahren. Der Wagen war ein Mercedes, ein uraltes Modell, dessen rote Lederpolster mit Isolierband geflickt waren.

«Inlands- oder Auslandsflüge?» fragte der Taxifahrer.

«Ausland.»

«Sie nehmen den Elf-Uhr-Flug nach Mexico, nicht wahr, Señor?»

«Sie kennen sich ja gut mit den Flügen aus.»

«Ich kenne alle auswendig. Das ist mein Job. Am Flughafen mache ich die besten Geschäfte, aber die Mexikaner sind keine guten Kunden.»

«Wieso?»

«In ihrem Land gibt man kein Trinkgeld.»

«Gibt es heute abend nur den Flug nach Mexico?»

«Es gibt einen nach San Francisco, über Paraguay, und einen nach Rio de Janeiro, um zwei Uhr morgens», zählte der Fahrer auf. «Aber ich hab gleich gewußt, daß Sie nach Mexico wollen. Keiner hat Lust, zwei oder drei Stunden im Flughafen rumzusitzen.»

«Bravo», sagte Pulp, «Sie haben völlig recht. Aber ich habe ein kleines Problem.»

«Was für ein Problem, Señor?»

«Ich hatte in Paris keine Zeit, mich um ein Visum für Mexico zu kümmern, und in Santiago auch nicht. Ich stecke mitten in Geschäften, in den letzten acht Tagen hatte ich keine Sekunde Zeit. Glauben Sie, daß sich das am Flugplatz arrangieren läßt?»

«Mit der chilenischen Polizei ist das unmöglich. Unsere Polizei ist unerbittlich. Haben Sie Dollars? In bar? Wieviel würden Sie anlegen?»

«Nicht allzuviel. Zur Not bleibe ich noch bis morgen und gehe kurz ins Konsulat. Aber ich würde lieber sofort abfliegen. In Mexico erwartet mich mein Chef, der einen Vertrag unterschreiben muß und unbedingt will, daß ich ihn mir vorher ansehe.»

«Ich verstehe, Señor, aber unter tausend Dollar kann ich nichts für Sie tun.»

Pulp dachte an die Geldscheine aus Dillons Brieftasche und rechnete im Kopf schnell zusammen, wieviel er hatte.

«Ich kann nicht mehr als achthundert Dollar zahlen. Mehr hab ich nicht dabei.»

«Das macht nichts, Señor, die Person, an die ich denke, nimmt bestimmt auch Francs oder Pesos, um die Summe komplett zu machen …»

8

PULP UND DIE RACHE DER SCHATTEN

Auf dem Flugplatz von Mexico City bekam Pulp einen Hustenanfall. Schon als er die Gangway hinunterstieg und das Rollfeld betrat, bekam er ein Kribbeln im Hals. Bald hatte er das Gefühl zu ersticken. Er versuchte sich einzureden, daß diese unerfreulichen Empfindungen psychische Ursachen hatten, aber sie gingen trotzdem nicht weg. In der Halle wurde er von einer Horde von Schleppern überfallen, die ihre Dienste anboten. Die Geschäftstüchtigsten versuchten, sich sein Gepräck zu schnappen. Es gelang ihm, der Meute zu entkommen und sich in der Bar niederzulassen, benommen von der nächtlichen Reise, während deren er kein Auge zugemacht hatte. Nach zwei Kaffees ging es ihm etwas besser. Er fühlte sich klar genug im Kopf, um die nächsten Schritte in Angriff zu nehmen.

Er hatte sich eher intuitiv für Mexico entschieden,

aber auch deshalb, weil es der erstmögliche Flug gewesen war und er sein Glück nicht überstrapazieren wollte, indem er seinen Aufenthalt in Santiago verlängerte. Nach Paris hätte er erst am folgenden Tag fliegen können, via San Francisco. Ein zu hohes Risiko. Der Paß von Gabriel Lecouvreur hatte nun eine schöne grüne Marke, die von einem gewissen Ismael Naveja, seines Zeichens mexikanischer Konsul, unterzeichnet war. Die Marke stammte höchstwahrscheinlich aus einem gestohlenen Paß, der Fälscher hatte den Namen des Besitzers durch den von Pulp ersetzt: eine saubere Arbeit. Auf den ersten Blick bemerkte man nichts. Der chilenische Polizist, der die Reisenden kontrollierte, hatte nicht mit der Wimper gezuckt. Einige Sekunden der Angst, und Gabriel konnte an Bord gehen. Der mexikanische Beamte, der in seinem Glaskäfig vor sich hin döste, hatte ohne Zögern seinen Stempel draufgeknallt.

Im Flugzeug wollte Gabriel einen Blick in das elektronische Notizbuch von Ralph Dillon werfen, aber ein wütender Steward hatte ihm gedroht, den Apparat zu beschlagnahmen, falls er ihn während des Fluges noch einmal benutzen sollte.

Nach dem dritten Kaffee nahm er sich das Ding vor. Ein regelrechter Taschencomputer, der mehrere Hundert Namen und Dateien in Englisch enthielt. Er hatte den Eindruck, daß bestimmte Daten mit einem Paßwort geschützt waren, war sich dessen aber nicht ganz sicher. Seine Computerkenntnisse waren begrenzt. Er fand nichts, was sich auf Casado, Montoya, Benyamin oder ihn selbst bezog, und auch nicht den geringsten Hinweis auf die offizielle Funktion von Ralph Dillon. Nach einigem Gefummel entdeckte er immerhin eine Telefonnummer, bei der man sich melden konnte, falls man das Gerät seinem Besitzer zurückgeben wollte. Die Vorwahl deutete auf Washington hin. Pulp schrieb die Nummer in sein Notizbuch.

Als er die Bar verließ, traten die Schlepper wieder in Aktion, aber er verschmähte die Taxis und nahm lieber die U-Bahn, deren Netz er während des Fluges ausführlich studiert hatte.

Diese U-Bahn war nicht so sauber wie die in Santiago, aber kaum dreckiger als die in Paris. Die Fahrgäste waren hauptsächlich Indianer oder Mestizen. Fliegende Händler schlängelten sich durch vollbepackte Familien und boten Teigwaren, Bonbons, Kuchen, Kämme, Slips und Gedichtsammlungen zum Ruhme Mexicos an. Die Gesichter waren von Müdigkeit und dem alltäglichen Kampf ums Überleben gezeichnet, auf der Haut zeigten sich ungesunde Ausschläge, die Folgen von Luftverschmutzung und mangelnder Ernährung. Einige Jugendliche hatten bereits Runzeln und Falten wie verschrumpelte Alte. Obwohl er mit Jeans und Leinenjacke recht einfach gekleidet war, fühlte Gabriel sich in dieser Menge leicht unwohl. Allerdings verhielten sich die Leute gegenüber dem Fremden in keiner Weise feindselig und beantworteten lächelnd seine Fragen.

Nachdem er fast eine Stunde gefahren und einmal umgestiegen war, stieg er an der Station «Insurgentes» aus, da er sich in der *zona rosa* ein Hotel suchen wollte, also in jenem Viertel, von dem Hector Aguilar Camin in seinem Buch *Tod in Vera Cruz* so begeistert gesprochen hatte. Aber bei aller Begeisterung für den Roman, er war schnell enttäuscht von dieser Ansammlung halbluxuriöser Restaurants und Geschäfte, vor denen Indianer und ihre Kinder bettelnd auf dem Pflaster saßen.

Nach dem Zufallsprinzip entschied er sich für ein Hotel, das einen altertümlichen Charme ausstrahlte.
Das «Vasco de Quiroga» hatte fast ein Jahrhundert lang alle Erdbeben Mexicos überstanden.
Das war ein gutes Zeichen.
Im Fahrstuhl hörte er überrascht, wie eine Gruppe von Hotelgästen französisch sprach.
«Auf Urlaub hier?» fragte er einen munteren Dicken, der von seinen Mißgeschicken mit einer *muchacha* erzählte, die hundert Dollar von ihm haben wollte.
«Nein, geschäftlich. Wir gehören zu einer Industriedelegation, die vom Wirtschaftsministerium organisiert wurde, aber heute haben wir Ausgang.»
«Haben Sie vielleicht einen Computerfachmann in Ihrer Gruppe? Ich würde ihn gern um einen kleinen Gefallen bitten.»
«Mehrere. Lassen Sie uns zusammen essen.»
All diese Herrschaften, die zweifellos auf Kosten der Steuerzahler reisten, trugen Anzug und Krawatte. Ihre Schuhe glänzten. Pulp ließ den schwarzen Leinenanzug und das dazu passende Hemd aufbügeln, die er für solche Gelegenheiten eingepackt hatte. In diesem Aufzug betrachteten ihn die Angestellten vom «Vasco de Quiroga» schon mit anderen Augen. Da die anderen noch nicht da waren, suchte er einen Tisch aus und bestellte ein Tecate, in der Dose, das der überraschte Kellner ihm feierlich mit Salz und einer grünen Zitronenscheibe auf dem Deckel servierte.
Der *muchacha*-Liebhaber erschien nach kurzer Zeit mit zwei seiner Kumpels, die er Pulp als mit allen Wassern gewaschene Computergenies vorstellte. Sie ließen sich links und rechts von ihm nieder und begannen, über Mexico und die Mexikaner herzuziehen.
 «Hier läuft alles mit Schmiergeld, die Minister verkau-

fen sich dem Meistbietenden, es werden keinerlei Regeln eingehalten …»

«Das kommt mir irgendwie bekannt vor», warf Pulp ein.

«Und Sie selbst, was halten Sie davon, Monsieur Lecouvreur?»

«Ich bin gerade erst angekommen, und ich arbeite in einer anderen Branche als Sie …»

Pulp hörte ihnen geduldig zu und wartete, bis der Verzehr von *tacos*, *pollos assados* und *oscuras* (also mit Dunkelbier heruntergespülte Brathähnchen) sie in die richtige Stimmung versetzt hatte. Dann zeigte er ihnen das Spielzeug von Ralph Dillon.

«Mein Sohn hat auch so einen. Was haben Sie für ein Problem?» fragte das Genie zu seiner Linken.

«Das Paßwort. Ich verstehe nichts davon, aber mir scheint, daß bestimmte Dateien mit einem Paßwort abgesichert sind.»

«Ist das nicht Ihr Gerät?» fragte das Genie zu seiner Rechten mit leisem Mißtrauen.

«Ich habe es gestohlen.»

«Machen Sie Witze?»

«Keineswegs. Ich hoffe, ich kann auf Ihre Diskretion vertrauen, Messieurs?»

«Nun, äh …»

Er senkte die Stimme.

«Unter Landsleuten, nicht wahr … Ich habe es gestohlen, aber für eine gute Sache. Ich gehöre zum Auslandsgeheimdienst. Wenn Sie nur den geringsten Zweifel haben, können Sie sich in Paris erkundigen. In meinem Laden werden sie Ihnen natürlich nichts sagen, aber Sie können beim Staatsschutz anrufen und sich mit Jacques Vergeat verbinden lassen. Er kennt mich sehr gut.»

Er gönnte sich den Spaß, seinen Intimfeind zu zitieren, und trieb das Spiel noch etwas weiter. Seine Freude an Übertreibungen würde ihm eines Tages noch mal das Genick brechen.

«Gibt es beim Geheimdienst keine Informatiker?»

«Es dauert zu lange, einen herkommen zu lassen. Diese Nachforschungen müssen so schnell wie möglich vorangetrieben werden. Wenn wir uns in Paris mal wiedertreffen, kann ich Ihnen vielleicht mehr erzählen …»

All diese kleinen Geheimnisse schienen sie anzuregen. Wenn sie auch noch Zweifel an der Wahrheit seiner Erklärungen haben mochten, das Vergnügen, sich mit wenig Aufwand in derartige Niederungen zu stürzen, wog schwerer als ihre Moral, und die schien überhaupt sehr dehnbar zu sein. Man saß nicht alle Tage mit einem Geheimagenten oder Ganoven an einem Tisch …

Das Genie zur Linken setzte seine Brille auf, konzentrierte sich auf den Computer und begann herumzutippen.

«Es gibt in der Tat ein Paßwort», meinte er nach einigen Minuten, «aber das dürfte kein Kunststück sein.»

«Darf ich mal versuchen», schlug das Genie zur Rechten vor.

«Laß mir meine Chance, lieber Freund!» protestierte sein ins Spiel versenkter Kollege.

Er setzte seine Bemühungen fort, gab sich dann aber nach einer Weile doch geschlagen.

«Das ist vertrackter, als ich dachte. Versuch du mal, wenn du so scharf drauf bist.»

Das Genie zur Linken tippte seinerseits herum und runzelte die Stirn.

«Klassisch!»
«Was ist klassisch?»
«Jeder Hobby-Hacker weiß das heute … Nun sei mal nicht eingeschnappt, mein Lieber», sagte er ein bißchen von oben herab.
Dann wandte er sich an Pulp.
«Sagen Sie mal, gehört dieser Typ, dem Sie das stibitzt haben, zur CIA oder so was?»
Gabriel zwinkerte ihm zu.
«In Ihrer Position wissen Sie gut genug, daß zwischen den Amerikanern und uns Wirtschaftskrieg herrscht … Alle Mittel sind erlaubt.»
«Wem sagen Sie das!» stimmte das Genie zu. «Ich hab's …»
Er gab Pulp die besiegte Maschine.
«Es ist ganz einfach, es gibt zwei Paßwörter. Das erste lautet *Allan* und öffnet eine Liste von Namen, die mit amerikanischen Botschaften zusammenhängen, deshalb habe ich gedacht, daß Ihr Spezi in Langley angestellt ist … Diesem Yankee fehlt es entschieden an Phantasie.»
Gabriel schüttelte konsterniert den Kopf.
«Kein Typ in meiner Organisation würde jemals so einen derben Fehler machen. Das bringt man uns schon in kurzen Hosen bei. Und das zweite Paßwort?»
«Das ist noch geistreicher: *Mammy*.»

PULP UND DIE RACHE DER SCHATTEN 9

Pulp war zu Fuß zur Plaza Garibaldi gegangen, um ein bißchen von Mexico City mitzukriegen. Als er dort ankam, waren die *mariachis* vor den Bars und Restaurants bereits auf ihrem Posten. Seit dem Tag, an dem José Balaguer erdolcht worden war, hatten die Bauarbeiten kaum

Fortschritte gemacht, aber inzwischen waren die Porträts von Präsident Zedillo vom Bauzaun verschwunden. Gabriel näherte sich einem Paar und ließ sich den Weg zur Markthalle zeigen, in der der verstorbene Balaguer sein Restaurant hatte – er hatte seinen Namen unter vielen anderen in der Datei gefunden, die mit dem Paßwort *Mammy* abgesichert war. Sie enthielt auch Informationen über den Anwalt Montoya, seinen Klienten Merino, Jorge Casado, den Journalisten Lestepied und Capitano Lazaro Silvera. Die anderen Namen, etwa fünfzehn, sagten Pulp nichts, der diese Informationen sorgfältig abgeschrieben hatte, da er fürchtete, daß er sie aus Versehen löschen oder nicht mehr an sie rankommen könnte.
Bis jetzt hatte er ziemlich viel Glück gehabt. Er war mit sich zufrieden. Er hatte Dillon richtig eingeschätzt: Dieser Kerl war zu sehr von sich selbst überzeugt gewesen. Sonst wäre er nicht mit diesem Computer durch die Gegend marschiert. Eine solche Selbstsicherheit ließ sich allerdings auch dadurch erklären, daß er zumindest halboffiziell durch die chilenischen Geheimdienste gedeckt wurde.
Vor der Markthalle priesen die Inhaber der kleinen Restaurants lauthals ihre Speisen an. Die Hähnchen und Würstchen sahen appetitlich aus, aber Gabriel hatte keinen Hunger. Mit den Vertretern der Industriedelegation hatte er viel zuviel gegessen und getrunken. Der Schuppen von Balaguer war leicht zu finden. Eine kleine magere Frau war damit beschäftigt, ein fettriefendes Hähnchen zu zerlegen. Pulp begrüßte sie freundlich und fragte dann, wo er José Balaguer treffen könne.
«Auf dem Friedhof», antwortete die Frau, ohne ihre
 Arbeit zu unterbrechen.

Diese Neuigkeit überraschte ihn nicht besonders. Trotzdem mußte er sich erst mal setzen und etwas trinken, um sie zu verdauen – ebenso wie die *tacos* vom Vasco de Quiroga, die einen festen Kloß im Magen bildeten. Dieses Mal bestellte er eine *clara*, ein Helles. Die Frau ließ für einen Moment ihr Hähnchen in Ruhe und öffnete den Kühlschrank. Sie machte die Dose auf und stellte sie vor ihm hin, ohne ein freundliches Wort, aber auch ohne Feindseligkeit. Sie schien völlig gleichgültig zu sein. Er schloß daraus, daß sie wahrscheinlich weder die Frau noch die Mutter von Balaguer war, es sei denn, sein Tod wäre nur eine Erlösung für sie gewesen …

«Was ist ihm passiert?» fragte er nach einem Schluck Bier.

«Soweit ich weiß, hat es ihn übel erwischt.»

«Gehören Sie zur Familie?»

«Ich vertrete seine Frau während der Trauerzeit. Aber mehr weiß ich nicht. Ich arbeite hier, das ist alles. Warum stellen Sie all diese Fragen?»

Er legte einen Tausendpesoschein auf die Theke, eine völlig ausreichende Erklärung. Die Frau blickte erstaunt auf den Schein und ließ ihn dann verschwinden.

«Wenden Sie sich an seinen Bruder, *El Gordito*, er kann Ihnen vielleicht mehr sagen. Ich … ich weiß nichts. Aber ich warne Sie: Er wohnt in San Huilapan, einem *pueblo* in der Nähe von Morelia.»

«Das macht nichts. Ich fahre gern nach Morelia.»

Sie zuckte mit den Schultern, zweifellos irritiert vom seltsamen Gebaren dieses *gringos*. Dann kritzelte sie einen Namen und eine Adresse auf ein Blatt Papier, das sie aus dem Heft herausriß, das sie für ihre Additionen benutzte.

«Ich will keinen Ärger», fügte sie noch hinzu.
«Sie werden keinen Ärger kriegen.»
Pulp verabschiedete sich und ging. Sobald er fünfzig Meter weg war, verließ sie ihren Laden, um mit dem Nachbarn zu sprechen. Etwas weiter traf Gabriel einen Polizisten, der den Markt überwachte. Ein übergewichtiger Schnurrbartträger, der lässig dahinwatschelte und seinen Gummiknüppel am Arm herabbaumeln ließ. Der Polizist grinste ihn ermutigend an.
«Darf ich Sie um ihre Hilfe bitten, *Señor Capitan*?»
«Claro que si!»
«Könnten Sie ihren Dienst unterbrechen, um etwas mit mir zu trinken?»
«Claro que si!»
Die zweite Antwort klang deutlich begeisterter als die erste. Sie setzten sich an den Eingang der überdachten Passage, wo eine Gruppe *mariachis*, darunter eine üppige Frau mit tiefem Dekolleté, für ein deutsches Touristenpaar *La Cucaracha* sang.
Der Polizist nahm einen Mescal, den er in einem Zug leerte, und Gabriel ein Bier.
«Mögen Sie unsere Musik, Señor?»
«Sehr ...»
«Nun, man muß diesen *muchachos* auch etwas geben», sagte der Polizist und deutete auf die Musiker. Offenbar hielt er die örtlichen Geschäfte in Gang.
Pulp kam der Aufforderung nach. Damit erwarb er sich das Recht auf einen feurigen Blick der Sängerin und eine Zugabe. Der Polizist bestellte einen zweiten Mescal.
Seine Schweinsäuglein glänzten.
«Ich weiß, daß ich Ihre Zeit verschwende, die sicherlich kostbar ist», setzte Pulp an und schob seine Hand

in die Jacke, um nach seiner Brieftasche zu greifen. «Wenn ich nicht befürchten müßte, Sie zu beleidigen …»

«Sie beleidigen mich keineswegs, *amigo*», versicherte der Polizist und klopfte ihm auf den Rücken.

Vier Scheine zu tausend Pesos wechselten den Besitzer.

«Es ist unklug, so viel Geld bei sich zu haben», sagte der Polizist. «Man muß es verstecken. Es gibt viele Diebe in Mexico.»

Gabriel hatte diesen Rat nicht nötig: Die größeren Geldscheine steckten zusammengefaltet in seinem Gürtel, aber das wollte er nicht unbedingt öffentlich verkünden. Er dankte dem Polizisten für seine wertvollen Ratschläge.

«Ich suche zwei Männer», sagte er. «Ich würde gern wissen, ob Sie sie in letzter Zeit hier auf dem Markt gesehen haben.»

«Eigentlich darf ich solche Informationen einem Unbekannten nicht geben …»

Zwei weitere Scheine beseitigten seine Zweifel.

«Der erste ist ein Nordamerikaner, groß, blond, Bürstenhaarschnitt, mit einem Grübchen am Kinn.»

«Ich glaube, so einen Typen hab ich schon mal gesehen, aber vielleicht ist es nicht der Gesuchte. Diese *gringos* sehen alle gleich aus …»

«Der zweite ist der hier.»

Pulp legte das Foto auf den Tisch, das er in Dillons Tasche gefunden hatte. Der Polizist nahm es zwischen Daumen und Zeigefinger. Seine Finger hinterließen Fettflecke.

«Den hab ich tatsächlich schon mal gesehen, ist gar nicht so lange her. Er sah auch nicht wie ein Mexikaner aus. Ich hab ihn für einen Dieb gehalten, und ich hab ein Auge dafür. Aber er muß gemerkt haben, daß ich ein Auge auf ihn hatte, er hat sich verdrückt ...»

«Können Sie sich noch an den Tag erinnern, an dem sie ihn gesehen haben?»

Der Dickwanst schüttelte den Kopf.

«Unmöglich. Hier kommen zu viele Leute vorbei. Es ist schon ein Wunder, daß ich mich an sein Gesicht erinnere ...»

Gabriel steckte sein Foto ein und zahlte die Getränke.

Der Polizist stützte sich mit beiden Armen am Tisch ab, stand vorsichtig auf, klopfte Gabriel erneut auf die Schulter und begann mit schwerem und regelmäßigem Schritt wieder seine Runde durch den Markt.

Die *mariachis* waren auf der Suche nach neuen Kunden. Pulp flanierte ein bißchen auf dem Garibaldi-Platz, warf kurz einen Blick in eine Bar und trat zur Enttäuschung des Schleppers schnell wieder den Rückzug an. Ein Schild über den Schwingtüren im Westernstil entlockte ihm ein Lächeln: Die Kunden wurden gebeten, ihre Waffen an der Garderobe abzugeben. Gabriel glaubte, daß es sich um einen Scherz für Touristen handelte, aber zwei Typen mit silbergespickten schwarzen Hüten, die direkt aus einem Western gekommen zu sein schienen, gaben vor seinen Augen Colts ab, die so dick wie 105er Kanonen waren. Es war wohl besser, diesen Schuppen zu meiden. Er antwortete nicht, als der Türsteher, der von seinem Lächeln und von seiner Gleichgültigkeit für die verwelkten Reize der Bedienung in Hotpants irritiert war, ihn als *maricón*, als Schwulen, beschimpfte.

Es wurde dunkel. Einige mehr oder weniger beunruhigend aussehende Typen sprachen ihn an, andere begannen ihm zu folgen und ihn eindringlich zu mustern. Offenbar hielt man ihn für ein wandelndes Dollarpaket. Daher beschloß er, seinen Bummel zu beenden, und kehrte ins Hotel zurück, diesmal mit dem Taxi. Trotz des Trubels in der *zona rosa* wollte er direkt ins Bett gehen. Der mangelnde Schlaf machte sich bemerkbar, und die *tacos* lagen ihm immer noch im Magen wie Zement. Es gelang ihm einzuschlafen, aber mitten in der Nacht wachte er mit Magenschmerzen wieder auf. Zusätzlich kehrte das Erstickungsgefühl, das er bereits am Flugplatz gehabt hatte, mit Macht zurück. Die Klimaanlage brachte überhaupt nichts. Er stellte sie aus und öffnete ein Fenster, das auf einen schmutzigen Hof führte. Statt der erhofften Frischluft schlugen ihm schwindelerregende Ausdünstungen entgegen, die seine Nasenlöcher quälten, eine Mischung aus verschiedenen Industrieabgasen und Gerüchen von vergammelten Speiseresten, die wahrscheinlich aus den Mülleimern im Hof kamen. Er schloß das Fenster und legte sich wieder hin.

Am nächsten Morgen fühlte er sich ziemlich elend. Das Sodbrennen ließ nicht nach. Ein halbes Dutzend verschiedener Tabletten brachte auch nichts. Montezumas Rache. Er stieg ins Restaurant hinunter, wo außer ihm nur ein wohlgenährtes Paar um die Fünfzig saß, das sich an Würstchen und Rühreiern mit Speck gütlich tat. Dieser Anblick erweckte das Untier, das an seinen Eingeweiden nagte, zu neuem Leben. Er bestellte einen Tee. Eine unfreundliche Kellnerin brachte ihm heißes Wasser und einen Beutel Kräutertee. Er versuchte ihr klarzumachen, daß er etwas anderes bestellt hatte, aber angesichts ihrer unwilligen Miene kapitulierte er.

Er trank also seinen Kräutertee und ging dann zur Rezeption, wo er um ein Gespräch nach Paris bat.

Cheryl hob sofort ab.

«Was fällt dir ein, um zwei Uhr morgens anzurufen?»

Ihre Stimme klang verschlafen, aber nicht aggressiv.

«Tut mir leid, ich hab mich mit der Zeitverschiebung vertan. Ich hab rückwärts gerechnet, in die falsche Richtung, ich dachte, es ist sechs Uhr nachmittags ...»

«Du bist doch nicht etwa krank?»

Dieses Mal hatte die Stimme zärtliche, quasi mütterliche Anklänge, die ihm warm ums Herz werden ließen.

«Ich kann diese verdammten *tacos* nicht vertragen ...»

«Ich habe dir extra gesagt, du sollst nicht jeden Mist essen ...»

Er hörte sich ihre kulinarischen Ratschläge an und sagte ihr dann, was er, trotz seiner Magenschmerzen, am liebsten mit ihr machen würde.

«Na ja, dann kann es ja nicht so schlimm sein», folgerte sie daraus.

Nach diesem Austausch telefonischer Zärtlichkeiten ging es ihm etwas besser. Er holte sein Gepäck, bezahlte und ging zu einer Autovermietung, wo man ihm einen VW anbot, dessen Reifen völlig blank waren. Er lehnte ab und wählte einen großen Mazda, der noch am besten aussah. Erst als er sich am Paseo de la Reforma in den Verkehr einfädelte, fiel ihm auf, daß er wie ein Verrückter mit dem Bremspedal pumpen mußte, um den Wagen zum Stehen zu bringen. Seine Lage war um so gefährlicher, als sich niemand um die Ampeln kümmerte: Die Größten und die Verwegensten machten das Gesetz. Bevor er sich auf die Straße nach Morelia begab, beschloß er, sich die Fresken von Rivera und Siqueiros anzusehen. Den Rest des Vormittags verbrachte er damit, inmitten von Besucherhorden die Treppen im Präsidentenpalast rauf- und runterzusteigen. Die kameraschwingenden Touristen irritierten ihn. Auf dem Zocalo-Platz kampierten Bauern aus verschiedenen Landesteilen, um dem Präsidenten ihre Klagen vorzutragen. Sie sahen aus wie Brüder der *Peones*, die auf den Fresken im Palast Gewehre und Macheten schwenkten. Auch die herausgeputzten Soldaten, die vor dem Gebäude Wache hielten, erinnerten an die von Diego Rivera gemalten Säbelschwinger. Junge Leute verkauften T-Shirts mit dem Bild von Zapata und *sub-commandante* Marcos. Diese Kleinhändler und die Heuchelei dieses Regimes, das in seinen Museen die untergegangenen Kulturen und die Revolutionen vom Beginn des Jahrhunderts beweihräucherte, aber gleichzeitig die Indianer elendig krepieren ließ und jede ihrer Revolten schonungslos unterdrückte, verstärkten Gabriels schlechte Laune. Ärgerlich wimmelte er Straßenhändler ab und ging zu seinem Mazda zurück, der gerade von zwei Jungen mit Putzlappen poliert wurde. Er verzichtete darauf, den *Platz der Drei Kulturen* zu besichtigen, denn erstens wollte er sich in dieser Riesenstadt nicht verfahren, und zweitens wollte er sich eine weitere Enttäuschung ersparen. Touristen, Bettler, Händler, Polizisten und Soldaten hatten ihm den Besuch vermiest.

Pulp merkte schnell, daß die wirklichen Entfernungen nicht viel mit dem Eindruck zu tun hatten, die die neben ihm aufgeschlagene Karte vermittelte, deren Maßstab er sich leider nicht angesehen hatte. Die Straße war allerdings brauchbar. Nur der Fahrstil der Mexikaner machte sie gefährlich. Gabriel hatte nicht genügend Vergleichsmöglichkeiten, um sie auf Platz eins der Verrückten am Lenkrad zu setzen, aber auf jeden Fall kamen sie vor den Korsen und standen auf einer Stufe mit den Polen.

Die Fahrt durch Mexico City kam ihm endlos vor, mehrfach fragte er sich, ob er nicht im Kreis fuhr. Trotzdem kam er ohne Zwischenfall bei Einbruch der Dunkelheit in Morelia an. Sein Magen schrie vor Hunger. Das war ein gutes Zeichen. Er beschloß, kein Risiko einzugehen, und entgegen seinen Prinzipien mietete er sich am zentralen Platz der Stadt in einem Edelhotel ein. Nachdem er sein Gepäck abgestellt hatte, ging er ins Hotelrestaurant, wo man fast dasselbe servierte wie in jedem beliebigen Etablissement dieser Art in Paris oder London. Gabriel fand sich in einer Gesellschaft von religiösen Lackaffen wieder.

Die Roben waren von makellosem Weiß, die Soutanen hatten keine einzige falsche Falte. Diese feine Gesellschaft speiste mit abgespreiztem kleinem Finger. Gabriel erkundigte sich nach dem Grund ihrer Anwesenheit. Der Kellner sagte ihm, daß es sich um eine nordamerikanische Kongregation auf Studienreise handelte, ihr genaues Meditationsziel sei ihm aber unbekannt. Wie auch immer, der Kontrast zwischen ihrem Habitus und den Elenden, die in ihre Decken eingewickelt auf dem Platz schliefen, schien ihnen nicht den Appetit zu verderben. Pulp verschlang schlechten Gewissens ein Chateaubriand mit Fritten und ein riesiges Stück Schokoladenkuchen, das er mit zwei *oscuras* hinunterspülte. Sein Magen zahlte ihm auch das später heim, aber immerhin konnte er einschlafen. Und zumindest plagte ihn hier nicht so ein Erstickungsgefühl wie in Mexico City.

 Frisch und ausgeruht stand er um sieben Uhr mor-

gens auf. Die Pfaffen waren schon im Speisesaal. Er grüßte sie höflich und distanziert. Sein saloppes Aussehen flößte ihnen wahrscheinlich nicht viel Vertrauen ein. Er kaufte sich eine detaillierte Karte der Umgebung und ließ sich vom Kellner den Weg nach San Huilapan zeigen, der ihn vor dem schlechten Zustand der Straße warnte.
Sobald man die Hauptstraße verließ, geriet man mitten in ein Festival von Schlaglöchern und anderen Hindernissen, wobei die am wenigsten gefährlichen auf abgenutzten oder fehlenden Straßenbelag zurückzuführen waren. Die Bewohner der meisten Dörfer, durch die Pulp kam, schützten sich vor den ignoranten Autofahrern, indem sie künstliche Bodenwellen bauten, die manchmal noch durch Gräben ergänzt wurden, so daß das Ganze wie Panzersperren aussah. Das war eine Quelle von nicht unbeträchtlichen Einkünften für die Automechaniker, die solche Sperren vor ihren Werkstätten aufbauten. Die Schilder, die diese «Bodenwellen» ankündigten, waren häufig durch einen Baum oder ein Haus verdeckt oder lagen im Straßengraben. Die einfachste Methode, diese Sperren zu überwinden, bestand darin, um sie herumzufahren, oder ganz langsam den Spuren der vorausgefahrenen Fahrzeuge zu folgen. Nachdem er seinen Mazda zweimal fast zu Bruch gefahren hätte, hängte Pulp sich an die mexikanischen Fahrer – zur Verzweiflung der Mechaniker, die seine Manöver mit unverhohlenem Interesse verfolgten. Er gönnte sich den Luxus, vor einer dieser Werkstätten anzuhalten und nach dem Weg zu fragen. Ein Typ mit Overall und Strohhut lauerte auf einem Stapel Reifen auf seine Opfer.
«Das ist der Stoßdämpfer, Señor», behauptete er, bevor Pulp ihn auch nur angesprochen hatte.

«Alles in Ordnung, ich habe keine Probleme …»
«Ich kenne mich mit den Japanern aus. Soll ich nicht mal einen Blick drauf werfen?»
«Ich brauche nur eine Auskunft. Wie komme ich nach San Huilapan?»
Der Gesichtsausdruck des Spitzbuben änderte sich.
«Sie sind bereits da, Señor. Was wollen Sie in einem vergammelten *pueblo* wie dem unseren?»
«Ich möchte mit Raphael Balaguer sprechen.»
«*El Gordito?* Der ist bei der Arbeit. Sie finden ihn an der Straße, ein Stückchen weiter, an der nächsten Kreuzung. Aber Sie sollten trotzdem auf ihren Stoßdämpfer achten …»
«Keine Bange …»
Er fuhr im Schrittempo durch das Dorf. San Huilapan war erbärmlich. Zerlumpte Kinder spielten im Dreck. Sie stürzten sich auf das Auto des Gringos und streckten die Hände aus. Bis zum Dorfende mußte er zwei weitere «Bodenwellen» überwinden. Allmählich hatte er den Bogen raus.
Eigenartigerweise wurde die Straße hinter dem *pueblo* breiter und hatte einen besseren Belag. Er hütete sich, zu beschleunigen. Die Vorsicht machte sich bezahlt, denn am Ende einer Kurve war eine weitere Falle aufgebaut, um die Autofahrer, die bis hierher Glück gehabt hatten oder sich auskannten, doch noch zu überlisten.
Etwas weiter, an einer Kreuzung, wurde er wieder aufgehalten, aber diesmal durch ein reguläres Stoppschild. Er pumpte wild mit dem Bremspedal und schaffte es, den Wagen zum Stehen zu bringen. Da verdunkelte ein seltsames Objekt die Windschutzscheibe. Gabriel schreckte zurück. Er stellte fest, daß
 es sich um ein Tier handelte, dessen große Augen ihn

 anstarrten. Dieses Tier hatte etwas im Maul, machte aber keinen Mucks. Er brauchte einige Sekunden, bis ihm klar wurde, daß es tot war. Ein Mann hatte es auf die Motorhaube gelegt.

Pulp kletterte aus dem Mazda und stand drei Typen gegenüber, die ihm ausgestopfte Tiere entgegenstreckten.

«Wollen Sie eins kaufen, Señor? Ganz billig. Wir machen einen guten Preis: nur hundert Dollar für den Hund und hundertfünfzig für das Schwein.»

Am Straßenrand waren mehrere Dutzend ausgestopfte Tiere aufgereiht: Hunde, Schweine und sogar kleine Kälber. Man hatte ihnen Maiskolben ins Maul gesteckt.

«Warum der Mais?» fragte Pulp irritiert.

«Als Zeichen des Wohlstands, Señor. Also, nehmen Sie das Schwein?»

Cheryl würde ziemlich dumm gucken, wenn er ihr ein solches Geschenk mitbrächte! Aber warum nicht eins für Gérard mitnehmen? Er könnte es in seiner Kneipe aufstellen. Das würde den Gästen bestimmt gefallen. Andererseits war so eine Aktion auch ganz schön nervig: Er mußte das Viech einpacken, durch den Zoll bringen …

«Ich werde es mir überlegen. Wo finde ich Raphael Balaguer?»

«Das bin ich, Señor!» sagte der vierte Mann, derjenige, der den Hund auf die Haube gelegt hatte. Sein Spitzname *El Gordito* war durchaus berechtigt: eine regelrechte kleine Tonne, kurzbeinig, mit Schweinsäuglein, die im Fett versanken. Er ähnelte den Tieren, die er verkaufte.

«Ich möchte mit Ihnen sprechen. Über Ihren Bruder.»

«Über meinen Bruder gibt es nichts zu sagen, er ist tot.»
«Schade ...»
«Schade? Wieso?»
Pulp ging auf die ausgestopften Tiere zu, nahm eines in die Hand und sah es sich an.
«Ich könnte Ihnen vielleicht eins abkaufen ...»
«Wenn Sie das Schwein nehmen, Señor, fällt mir vielleicht was ein ...»

10

El Gordito wohnte in einem kleinen Backstein-haus am Rand von San Huilapan. Es stank entsetzlich. Balaguer bat Pulp, sich an einen Tisch zu setzen, der mit einem schmierigen Wachstuch bedeckt war. Im durch einen Plastikvorhang abgetrennten Nebenraum waren eine Frau und zwei kleine Mädchen damit beschäftigt, den Bauch eines Hundes mit verschiedenen Ingredienzen vollzustopfen. An Haken hingen zwei weitere Hundekadaver. Auf den Regalen standen alle möglichen Gefäße.
«Woher bekommen Sie diese Tiere?»
«Das sind streunende Hunde, die wir auf der Straße einfangen, Señor. Wir arbeiten für die öffentliche Gesundheit. Sie sind ausgehungert und können bösartig werden. Glauben Sie mir, wenn sie erst mal ausgestopft sind, sehen sie viel freundlicher aus!»
«Und die kleinen Schweine?»
«Die Ferkel haben einen höheren Preis. Sie sind schwieriger zu finden ...»
Gabriel schloß aus dieser Antwort, daß die Familie Balaguer diese Tiere schlichtweg klaute, aber er hakte nicht nach. *El Gordito* öffnete einen rostigen Kühl-

 schrank, auf dem ein Zeitungsausschnitt mit dem Porträt des Papstes klebte. Er holte zwei Tecate heraus, öffnete sie und reichte eines seinem Besucher. Er trank einen kräftigen Schluck, wischte sich die Lippen mit dem Hemdsärmel ab und setzte sich seinem Gast gegenüber an den Tisch.

«Sie wollten mit mir über meinen Bruder sprechen, Señor? Er ist tot. Viel mehr kann ich Ihnen nicht sagen.»

«Man hat mir in Mexico City gesagt, daß er überfallen wurde.»

«So was kommt vor in Mexico. Er hätte lieber hierbleiben sollen. Hier ist es ruhiger.»

«Er hatte ein Restaurant eröffnet, in den Hallen am Garibaldi-Platz. Das muß ziemlich teuer gewesen sein.»

«Er mußte den Laden kaufen, Gewerbesteuer zahlen, die Polizei, die Ware ... All das, um kaum mehr als die Miete zu verdienen.»

«Woher hatte er das Geld?»

«Wollen Sie das Ferkel immer noch kaufen?»

«Wenn Sie meine Fragen beantworten.»

«Das Ferkel ist teurer geworden. Es kostet jetzt 200 Dollar.»

Pulp blätterte zwei Fünfzigdollarscheine auf das Wachstuch.

«Wie ist er zu dem Geld gekommen?»

«Er hat im Ausland gearbeitet.»

«Was war das für eine Arbeit?»

«Das hat er mir nie gesagt. Und ich glaube, er hat es nicht mal seiner Frau erzählt ...»

«Haben Sie vielleicht eine Vermutung?»

«Als er zurückkam, war er etwas seltsam und nicht sehr gesprächig.»

«Wer hat ihm diese Arbeit gegeben?»

«Leute, die er in Mexico City getroffen hat. José ist alle zwei Monate mit seinem Lieferwagen in die Stadt gefahren, um seine Ware zu verkaufen. Danach, wenn die Geschäfte gut gelaufen waren, machte er einen Zug durch die Bars und traf sich mit Frauen. Das hat er Consuela natürlich nicht erzählt. In so einer Bar hat er diese Typen getroffen ...»

«Sie meinen, in einem Bordell», präzisierte Pulp.

«Wenn man so will ... Sie waren betrunken und er auch. Ein Nordamerikaner und zwei Chilenen. Sie waren nach Mexico gekommen, um einen Lehrgang für Spezialisten aus verschiedenen Ländern zu machen. Sie waren Militärs oder Polizisten. Als sie José vorschlugen, nach Chile zu kommen, hat er gedacht, sie machen einen Scherz, aber sie haben ihm tausend Dollar für die Reise und tausend Dollar Anzahlung gegeben. Und als er zurückkam, hatte er ein dickes Päckchen grüner Scheine ...»

Pulp sah *El Gordito* tief in die Augen.

«Er hat Ihnen niemals gesagt, was er dafür tun mußte?»

«Einmal, bevor er wegging, um sein Restaurant zu eröffnen, war er ziemlich betrunken, und da hat er mir gesagt, daß er das nicht noch mal machen würde, auch nicht für das Doppelte. Das ist alles. Ich schwöre bei der Heiligen Jungfrau, Señor.»

«Und war ihr Bruder José gut? Ich meine, in seinem Beruf?»

Balaguers Gesicht erhellte sich.

«Er war der Beste! Das sagt jeder. Wir alle in der Balaguer-Familie sind seit Generationen sehr gut auf unserem Gebiet. Wir lernen unser Handwerk schon von klein auf, verstehen Sie? Und José war der Begabteste.

Was mußte er bloß nach Mexico City gehen und ein Geschäft aufmachen! Selbst die Gelehrten haben sein Talent anerkannt. Ich muß noch einen Brief von einem Universitätsprofessor haben …»

Er stand auf, wühlte in einer Schublade und reichte Pulp einen in Mexico abgestempelten Umschlag.

«Das ist doch nicht nötig, ich glaube Ihnen auch so.»

«Sie werden kein Problem mit dem Ferkel haben, Señor, es wird bis an Ihr Lebensende halten. Wir verstehen unser Handwerk.»

Gabriel legte zwei weitere Fünfzigdollarscheine auf den Tisch, nahm das Ferkel und packte es in den Kofferraum des Mazda. Vor dem Haus der Balaguers hatte sich ein halbes Dutzend Kinder versammelt und wartete auf den *gringo*.

«Los, haut ab, *niños!*» schrie *El Gordito*. «Laßt meinen Kunden in Ruhe, sonst tret ich ich euch in den Hintern!»

Pulp stieg ins Auto und fuhr los. Nachdem er San Huilapan verlassen und eine letzte Falle umschifft hatte, mußte er tief durchatmen. Aber der Äther- und Essensgestank, der in seinen Kleidern hing, wollte nicht weichen. Er beschloß, direkt nach Mexico City zurückzufahren und das erste Flugzeug nach Paris zu nehmen. Sein Magen machte sich wieder bemerkbar, vielleicht ausgelöst durch das, was er im Haus von *El Gordito* gesehen hatte. Ihm wurde schwindelig. Er hielt am Straßenrand an, kletterte aus dem Wagen und kotzte sich die Seele aus dem Leib. Als er wieder am Lenker saß, fiel ihm auf, daß einige hundert Meter hinter ihm ein grüner Ford angehalten hatte. Die Gesichter der Insassen waren nicht zu erkennen.

Er sah öfter in den Rückspiegel und bemerkte, daß der Ford ihm nicht von der Pelle wich. Am Ortseingang von Toluca, einem etwas größeren Städtchen, wurde der Verkehr dichter, und er verlor den Ford aus den Augen. Am Armaturenbrett blinkte eine Kontrolllampe. Er hatte keinen Tropfen Benzin mehr. Dieser Wagen war ein Faß ohne Boden! Als er zum Tanken anhielt, wies der Tankwart ihn darauf hin, daß der linke Hinterreifen platt war. Der Mazda lag so schlecht auf der Straße, daß er nicht mal gemerkt hatte, daß er offenbar über eine «Falle» gebrettert war. Er überließ den Wagen dem Tankwart und machte einen Spaziergang durch die Stadt.

Lautsprecher schmetterten *rancheras*, ländliche Lieder. Es war Markt- und Feiertag. Eine Unmenge von Leuten drängte sich auf dem Hauptplatz der Stadt. Plötzlich begann es in Strömen zu regnen. Pulp flüchtete sich unter die Arkaden, die den Platz umgaben. Inmitten der Menge, die hier Schutz suchte, fiel ihm ein Gesicht auf. Ein Gesicht mit vorstehenden Wangenknochen und Habichtsnase. Als der Mann merkte, daß Gabriel ihn beobachtete, drehte er ihm den Rücken zu, zwar ohne Eile, aber doch ganz bewußt. Gabriel sah auf das Foto, das er in Dillons Taschen gefunden hatte und das er immer noch bei sich trug. Die Ähnlichkeit war frappierend. Allerdings hatte er den Mann nicht lange genug und aus zu weiter Entfernung gesehen, um sicher zu sein, daß es sich um dieselbe Person handelte. Indianer gab es reichlich in dieser Gegend. Allerdings erinnerte das Aussehen dieses Mannes eher an die Indianer aus den Anden als an die in Mexico.

Beim Versuch, näher an ihn heranzukommen, stieß Pulp aus Versehen eine dicke Frau beiseite, die ihn mit Beschimpfungen überschüttete. Zwei junge Leute, die zweifellos an seinen Dollars interessiert waren, eilten ihr zur Hilfe. Als es ihm mit Mühe gelungen war, die Bande abzuschütteln, war der Mann in der Menge verschwunden. Auf dem Weg zurück zu seinem Wagen bemerkte er ihn halbverborgen hinter einer Säule. Der Mann trug eine knallgelbe Jacke mit dem Logo einer Sportartikelfirma, mit der er leicht zu erkennen war.

Um näher heranzukommen, stürzte Gabriel sich in den Regen. Das klatschnasse und mit allerlei Unrat bedeckte Pflaster machte seinen Plan zunichte. Er glitt aus, strauchelte und konnte sich gerade noch auf den Beinen halten. Der Mann verkrümelte sich in eine Nebengasse.

Der Flüchtige war ausdauernd. Atemlos und von Kopf bis Fuß durchnäßt, fand Pulp sich bald in einem menschenleeren Viertel wieder. Der Indianer hatte ihn abgehängt. Er verfluchte seine schlechte Kondition und drehte sich wütend hierhin und dorthin. Außerdem hatte er sich verlaufen. Er versuchte sich an der Kirchturmspitze zu orientieren, die die Dächer überragte. Dort war der Marktplatz. Um sich vor dem Regen zu schützen, marschierte er dicht an den Hauswänden entlang. Plötzlich merkte er, daß jemand auf ihn lauerte, ganz in der Nähe. Er ging ganz normal weiter, um den anderen zu täuschen. Eine Silhouette drängte sich in einen Hauseingang. Er war überrascht: Es war nicht der mit der gelben Jacke.

Als Gabriel ihn erreicht hatte, sprang der Mann auf ihn los. Pulp war darauf gefaßt, wich dem Schlag aus und knallte dem Angreifer seine Ferse in den Magen. Dieser klappte zusammen und ließ seinen Dolch fallen. Gabriel schlug erneut zu, diesmal mit der Faust, direkt auf den Solarplexus. Der andere ging zu Boden. Pulp tastete ihn ab, um sicherzugehen, daß er keine weitere Waffe bei sich hatte. Dabei stellte er fest, daß die Jacke gewendet worden war. Gelb auf der einen Seite, grau auf der anderen. Dieser alte Trick entlockte ihm ein Lächeln. Er schleifte den Kerl zu einer Toreinfahrt und setzte ihn auf eine Stufe.

«Siehst du, *amigo*, im Prügeln bin ich besser als im Laufen. Jeder hat eben seine Vorzüge.»

Der Indianer wirkte angeschlagen. Er starrte Pulp benommen an.

«Und wenn du mir sagst, für wen du arbeitest, können wir vielleicht zusammenkommen ...»

Er war nicht so naiv zu glauben, daß der Typ reden würde, aber fragen kostet ja nichts.

«Es ist nicht meine Art, Leute zu foltern, um sie zum Sprechen zu bringen. Und auch nicht, sie der Polizei zu übergeben, aber wenn du mich dazu zwingst ...»

Er konnte seinen Satz nicht beenden. Ein metallischer Gegenstand bohrte sich schmerzhaft in seinen Nakken.

«Hände über den Kopf, ganz langsam ...»

Er gehorchte. Die Hand eines Experten glitt über seine Brust, um seine Taille, zwischen seine Beine und tastete sich bis zu seinen Knöcheln hinunter.

«Okay, du kannst dich umdrehen.»

Es war der Mann, der Dillon in seinem Hotelzimmer abgeknallt hatte. Ein etwa vierzigjähriger, massiger Mestize. Regentropfen liefen über sein Gesicht.

«Bei diesem Regen», sagte Pulp, «ist das hier kein besonders guter Ort für eine Unterhaltung.»

«Keine Sorge, wir bleiben nicht hier. Du kommst mit uns, und mach keine Dummheiten.»

«Und mein Auto?»

«Wir werden es abholen. Aber ich werde fahren, und du steigst hinten ein, neben Paco.»

Der Indianer schnappte sich seinen Dolch, ließ ihn verschwinden und grinste ihn an. Schweigend marschierten sie zur Tankstelle. Pulp zahlte und machte sonst keine Anstalten, etwas zu unternehmen. Die Erinnerung an die Leiche von Ralph Dillon war noch frisch. Vermutlich war im Ford auch noch ein dritter Mann. Das bestätigte sich auf dem Weg nach Mexico City. Der Ford folgte ihnen.

«Da ihr offenbar nicht die Absicht habt, mich umzulegen, *amigos*, könnt ihr mir sicher ein paar Erklärungen geben.»

«Kriegst du in Mexico, wenn du bis dahin die Klappe hältst.»

Sie sprachen kein Wort mehr mit ihm und tauschten untereinander nur wenige Worte aus, in einer gutturalen Sprache, die Gabriel nicht kannte. Vermutlich Ketchua oder Aimara.

An einer Frittenbude machten sie Halt, um etwas zu essen zu kaufen. Derjenige, der Paco genannt wurde, stieg aus. Er kam mit ein paar Bieren und *tortillas* zurück. Pulp nahm ein Bier, lehnte aber die *tortilla* ab. Paco zog sich begeistert seine *tortilla* rein, die übriggebliebene teilte er mit dem Fahrer. Wegen der Schläge, die er hatte einstecken müssen, schien er nicht sauer zu sein, und auch sonst war er in keiner Weise aggressiv. Sie hielten nochmal zum Pissen an, und dann in einem Dorf vor einer *cantina*. Der Mestize ging einige Minuten hinein, wahrscheinlich um seine Chefs anzurufen. Bei seiner Rückkehr wirkte er viel entspannter.

Bei Einbruch der Dunkelheit erreichten sie die Vorstädte von Mexico City. Eine lange Leuchtschlange zog sich auf dem Paseo de la Reforma dahin. An einer Kreuzung fuhr ein riesiger chromblitzender Lastwa-

gen über eine rote Ampel und hätte sie fast gerammt. Durch ein geschicktes Manöver, das eine gewisse Erfahrung verriet, vermied der Mestize einen Zusammenprall. Pulp wäre nicht in der Lage gewesen, mit einer solchen Schrottkarre so geschickt zu reagieren.
«Verdammter Mörder!» schrie der Mestize. «Den sollte man einsperren. Fahren die Leute in Ihrem Land auch so beschissen?»
«Sie sind ein bißchen vorsichtiger.»
Der Fahrer spuckte aus dem Fenster.
«Das hab ich mir gedacht. Mexico ist ein Scheißland. Die Chilenen fahren viel besser.»
Sie verließen das Zentrum und fuhren in ein Viertel mit Einfamilienhäusern.
«Ist es noch weit?» fragte Pulp besorgt.
Der Mestize grinste und parkte den Mazda vor dem Gittertor einer im Dunkeln versunkenen Villa. Er hielt ruckartig an, im letzten Moment. Was machte er mit den Bremsen, um so was hinzukriegen?
Sie ließen ihn aussteigen. Gabriel rieb sich den Hintern und stellte fest, daß seine Bauchschmerzen verschwunden waren. Die Luft schien ihm weniger verschmutzt zu sein als bei seiner letzten Fahrt nach Mexico. Vielleicht lag dieses Villenviertel ein bißchen günstiger …
Paco ging Gabriel voran und stieß das Tor auf. Der Mestize blieb hinter ihm. Sie kamen durch einen kleinen Garten und stiegen ein paar Stufen zu einer baufälligen Veranda hinauf. Eine Stimme knisterte in der Sprechanlage, und die Tür öffnete sich geräuschlos. Sie gingen durch einen schlecht beleuchteten Flur und durch leere Zimmer und Säle. Die Villa wirkte verlassen.
 Am Ende eines weiteren Flurs fiel Licht durch eine

Tür. Der Mestize gab ihm einen Klaps auf die Schulter.

«Du hast Paco angst gemacht», flüsterte er, «als du hinter ihm hergerannt bist. Wenn du ihn nicht verfolgt hättest, hätte er dich nicht angegriffen. Es war falsch, daß du so gehandelt hast. Das hätte übel ausgehen können.»

«Nächstes Mal werde ich daran denken.»

Hinter der Tür war Musik zu hören. Klassik. Pulp erkannte ein Konzert für Klavier und Orchester von Mozart, ohne es genau bestimmen zu können. Alle drei blieben reglos vor der Tür stehen. Der Mestize stieß ihn sanft mit dem Zeigefinger an. Diese Geste überraschte Pulp. Die Musik hörte auf. Eine schwache, zittrige Stimme drang an sein Ohr.

«Treten Sie bitte ein, Monsieur Legouvreux, ich habe Sie erwartet.»

11

In einem Schaukelstuhl saß eine kleine Frau mit einer Wolldecke über den Knien. Eine Krone von weißen Haaren umgab ihre faltige Stirn. Ihre Haut war wachsbleich. Dennoch ging eine gewisse Wärme von dieser zerbrechlichen Gestalt aus. Wie Pulp bemerkte, waren es die Augen, die diesem Gesicht seinen freundlichen Ausdruck gaben. Nur die Augen waren lebendig. Ihre Lippen bewegten sich, eine pergamentartige Hand winkte ihn heran. Gabriel trat näher. Auf ein weiteres Zeichen verließen die beiden Männer, die ihn hergebracht hatten, das Zimmer.

«Bitte setzen Sie sich, Monsieur Legouvreux. Ich hoffe, Sie sind nicht mißhandelt worden?»

«Nein, keineswegs, sie waren sehr freundlich.»

«Das ist mir auch lieber, verstehen Sie, denn ich habe absolut nichts gegen Sie, ganz im Gegenteil.»

Sie sprach französisch, mit einem ganz schwachen Akzent.

Der Raum schien hastig möbliert worden zu sein, mit nicht zusammenpassenden, altertümlichen Gegenständen. Nur eine Stereoanlage und ein Fernseher gaben dem Ganzen einen Touch von Modernität.

Die Frau lächelte bei seinem Blick.

«Ich habe mich provisorisch hierher zurückgezogen. Aber erlauben Sie, daß ich mich vorstelle. Ich bin Isabelle Villagrande – ja, meine Eltern haben mir einen französischen Vornamen gegeben.»

Sie hatte diese Worte wie in einem Salon ausgesprochen. Offenbar erwartete sie eine Reaktion von Pulp und schien enttäuscht, als er nicht antwortete.

«Ich bin die Frau von Senator Villagrande. Ich sehe, Sie kennen die chilenische Geschichte nicht …»

«Tut mir leid, aber ich muß Ihnen gestehen, daß dieser Name mir wirklich nichts sagt …»

«Senator Villagrande hat eine gewisse Rolle in der Regierung vor Allende gespielt. Er gehörte zur christdemokratischen Partei …»

Sie nahm einen Bilderrahmen in die Hand, der auf einem kleinen Beistelltisch stand.

«Das ist er, mein Mann … Aber Sie müssen glauben, es mit einer verkalkten Alten zu tun zu haben, die kindisches Zeug faselt, bevor sie zur Sache kommt … Und sie haben bestimmt noch nicht gegessen, bei dieser Reise. Möchten Sie etwas?»

Er bat um einen Kaffee. Sie drückte auf einen Klingelknopf, und eine Frau erschien.

«Angelina, bitte seien Sie so nett und machen uns einen Kaffee», befahl sie auf spanisch. Dann sprach sie auf französisch weiter. «Sehen Sie, Monsieur Legouvreux, meine ganze Familie ist verstorben. Ich bin allein übriggeblieben. Mein Mann ist an seinem Kummer gestorben. Ich bin heute siebzig Jahre alt. Ich sehe älter aus, weil all das mich zermürbt hat. Als dieser Rüpel, ich meine Pinochet, seinen Staatsstreich gemacht hat, war ich fünfzig und meine Kinder fünfundzwanzig.»

Sie reichte ihm ein Foto, auf dem vier lächelnde Personen sich vor einem weißen Haus untergehakt hatten. Es war in der Tat schwierig, eine Verbindung zwischen der kräftigen Frau auf dem Bild und dieser verschrumpelten Greisin in ihrem Stuhl herzustellen.

«Meine Kinder sind immer Rebellen gewesen. Sie haben sich in einer linkschristlichen Partei engagiert, dann in der Guerillabewegung. Terroristen … Und es kam, was kommen mußte. Mein Mann hat alles versucht, um sie zu retten. Er hat all seine Beziehungen spielen lassen. Aber ein Hauch von Wahnsinn wehte durch das Land … Die Militärs mochten ihn nicht. Ein Oberst verabscheute ihn besonders – heute trägt er die Sterne eines Generals. Er verabscheute ihn, weil er wegen meines Mannes unter der Frei-Regierung Ärger bekommen hatte. Frei ist der Vater von dem, der vor kurzem gewählt wurde. Schmiergeldaffären. Mein Mann gehörte zur Untersuchungskommission. Er konnte sich nicht direkt an meinem Mann rächen, weil dieser zu bekannt war. Daher hat er sich grausam an unseren Kindern gerächt. Eines Tages, auf einem Empfang, hat er meinen Mann beiseite genommen und ihm gesagt: ‹Verstehen Sie, Señor Villagrande, diese dreckigen kleinen marxistischen Terroristen beschimpfen uns als *momias*, aber wir, wir machen ganz einfach Mumien aus ihnen.› Sie wissen ja, zur Allende-Zeit wurden die Konservativen von den Linken als *momios* bezeichnet. Nun, mein Mann glaubte, daß es sich um einen schlechten Scherz handelte, bis dieser Verbrecher hinzufügte: ‹Wir haben einen Mann gefunden, der sich sehr gut damit auskennt.› Dann sind unsere Kinder verschwunden, und wir haben nie etwas über ihr Schicksal erfahren. Mein Mann hat diesen Offizier nicht wiedergesehen, und er ist, wie ich Ihnen schon sagte, an seinem Kummer gestorben. Aber ich, ich habe überlebt. Vielleicht weil Frauen widerstandsfähiger sind. Und eines Tages habe ich diese Meldung in der Zeitung gelesen. Genau wie Sie vermutlich.»

Pulp nickte.

«Nun, mir sind die Worte von diesem Oberst wieder eingefallen. Und obwohl es sehr schmerzlich ist, diese Erinnerungen aufzuwühlen, habe ich Kontakt mit diesem Anwalt aufgenommen, Montoya. Er ist ein geldgieriger Mann. Ich habe ihm Geld gegeben, sehr viel. Und ich habe die Liste all derer bekommen, die an dieser Freveltat beteiligt waren. Einer der Handlanger der CNI, Merino, hatte sie bei ihm hinterlegt, in der Hoffnung, sich zu schützen. Ich denke, den Rest können Sie sich denken. Heute, Monsieur Legouvreux, lebe ich nur noch dafür, meine Familie zu rächen.»

«Haben Sie diese Männer engagiert?»

«Nicht im eigentlichen Sinne. Sie gehörten sozusagen zur Familie. Ihre Eltern waren meinem Mann etwas schuldig. Wir hatten mehrere Besitztümer. Mein Mann war sehr großzügig gegenüber den Leuten, die er beschäftigte. Er hat sich niemals geweigert, Leuten zu helfen, die Schwierigkeiten hatten. Unsere Kinder hielten das für lächerlich, Allüren eines Großgrundbesitzers … Aber Leopoldo war sehr beliebt. Daher habe ich mich an diese Leute gewandt und ihnen erklärt, was ich von ihnen wollte. Sie konnten sich frei entscheiden. Aber ich habe ihnen auch Geld gegeben, das ist richtig.»

Das Dienstmädchen kam mit einem Tablett herein und servierte den Kaffee.

«Entschuldigen Sie bitte, aber wie haben Sie von meiner Existenz erfahren?»

«Durch Montoya selbstverständlich. Er hat Informationen eingeholt. Über Sie, für mich. Sie sind kein Journalist, Monsieur Legouvreux.»

«Lecouvreur … Nein, ich bin kein Journalist. Ich untersuche diese Affäre im Auftrag eines Geschäftsmannes …»

«Der diese Mumien gekauft hat?»

Pulp hätte es vorgezogen, nicht auf dieses düstere Detail zu sprechen zu kommen. Er nickte.

«Und was werden Sie ihm nun sagen? Daß diese schreckliche Geschichte wahr ist?»

«Ich habe noch nicht darüber nachgedacht.»

Die alte Frau trank einen Schluck Kaffee, Gabriel tat es ihr nach.

«Ich habe Ihnen einen Vorschlag zu machen, Monsieur Lecouvreur.»

«Ich höre.»

«Aus allen möglichen Gründen möchte ich nicht, daß diese Affäre in der Öffentlichkeit ausgewalzt wird. Sie können sich vorstellen, wie schrecklich meine Situation dann wäre: Untersuchungen, die Identifizierung der Körper … Ich ziehe es daher vor, daß meine Rache geheim bleibt. Nicht aus Furcht. In meinem Alter hat man nichts mehr zu befürchten. Aber es würde mir nicht gefallen, diese schrecklichen Dinge breitzutreten. Bei dem, was ich schon getan habe, mag Ihnen dieser Standpunkt lächerlich erscheinen, aber ich weiß, daß mein Mann ein Anhänger der nationalen Versöhnung gewesen wäre. Es ist nicht notwendig, diese grausame Geschichte an den Pranger zu stellen … Ich bin daher bereit, Ihnen für Ihr Schweigen auf der Stelle eine von Ihnen festgelegte Summe zu bezahlen.»

«Sie hätten mich umbringen lassen können, das wäre billiger gewesen.»

«Sie haben mit dieser Angelegenheit nichts zu tun. Sie geht nur uns Chilenen etwas an. Es gibt keinerlei Grund, warum ich Ihnen etwas antun sollte. Ich habe diese Männer gebeten, über Sie zu wachen, nicht, Sie zu töten. Aber es sind ungehobelte Leute, die durch meine Schuld seit Wochen in einer Welt der Gewalt leben. Es ist nicht immer leicht, sich ihnen verständlich zu machen.»

«Ich weiß nicht, ob ich Ihr Geld annehmen werde …»

«Denken Sie daran, daß diese Affäre Ihnen viele Probleme bereiten kann, es wäre nicht schlecht, wenn Sie die Mittel zu Ihrer Verteidung hätten, einen guten Anwalt nehmen könnten …»

«Und warum?»

«Werfen Sie einen Blick in die Zeitung, die dort auf der Kommode liegt.»

Es handelte sich um die neueste Ausgabe des *Mercurio*. Auf der ersten Seite war ein Foto von Ralph Dillon, darüber stand:

CIA-AGENT IN EINEM HOTEL IN SANTIAGO ERMORDET

 und dann, in kleinerer Schrift:

Der Hauptverdächtige ist ein französischer Abenteurer, der sich als Journalist oder Geschäftsmann ausgegeben hat.
«Ich muß darüber nachdenken», sagte Pulp.
Er leerte nachdenklich seine Kaffeetasse.
«Nun gut, damit ist Ihre Rache vollendet, Madame Villagrande ...»
«Noch nicht ganz. Da ist noch dieser General, der meinen Mann so grausam gedemütigt hat.»
Er senkte den Kopf. Eine Welle der Komplizenschaft flutete zwischen ihnen hin und her. Die Augen der alten Frau glänzten auf.
«Woran denken Sie, Monsieur Lecouvreur?»
«Ich möchte Ihnen einen Vorschlag machen.»

12

Nicht ohne Schwierigkeiten gelang es Pulp, am Steuer seines Mazda das Zentrum von Mexico zu erreichen. Um ein Uhr morgens fand er sich auf einem riesigen menschenleeren Platz wieder, der von einem scheußlichen Bunker in Form eines Zuckerstücks dominiert wurde. Da er nicht wußte, wohin, folgte er aufs Geratewohl den Leuchtschildern auf der linken Seite. Eine Art Drugstore hatte noch geöffnet. Er kaufte mexikanische, chilenische und französische Zeitungen und setzte sich an einen Tisch im Restaurant, in dem reges Treiben herrschte. Eine recht angeheiterte Gruppe feierte irgendein Ereignis. Die Frauen trugen Kleider mit Pailletten und Blumen im Haar, die Männer hatten die Jacketts ausgezogen und die Krawatten abgelegt. Als sie merkten, daß er Ausländer war, wollten sie ihn an ihren Tisch holen. Gabriel lehnte die Einladung höflich ab.
Das Datum der mexikanischen Zeitungen sagte ihm,

daß es Samstag abend war, was vielleicht das nächtliche Treiben und die geringere Luftverschmutzung erklärte. Sein Magen machte ihm keine Sorgen mehr, aber ab und zu gab er ein leichtes Knurren von sich. Er bestellte einige leichte Speisen: *pescado a la parilla* (gegrillten Fisch), Salat, Dampfkartoffeln, bitte *sin salsa*, was die Bedienung überraschte, denn die Mexikaner lieben Speisen, die stark gewürzt sind und in Saucen schwimmen. Er bestellte eine Flasche Wasser *sin gaz*, was die Verblüffung der jungen Frau noch erhöhte, dann änderte er seine Meinung und ließ sie noch einmal kommen, um ein *oscura* zu ordern.

Nachdem er seinen Fisch genossen hatte, der frisch zu sein schien, was in einer Stadt wie Mexico ziemlich seltsam war, blätterte er die Zeitungen durch. Die mexikanische Tageszeitung *La Nación* hatte für die Ermordung von Ralph Dillon nur drei Zeilen übrig. Im chilenischen *Mercurio* stand der Tod des CIA-Agenten immer noch auf Seite 1.

Weder der *Figaro* noch *Le Monde* erwähnten die Angelegenheit; kein Wunder, die Ausgaben waren vier Tage alt. Der *Mercurio* schrieb, daß der verdächtigte Franzose, dessen Namen nicht genannt wurde, der Polizei zufolge nach Mexico geflüchtet sei. Wie es schien, hatte die Polizei keine Verbindung zwischen dieser Affäre und der Ermordung von Merino und Capitano Silvera hergestellt, oder falls doch, hatte sie es vielleicht für besser gehalten, diese Information nicht an die Presse zu geben.

Vor allem mußte er rauskriegen, ob in Mexico nach einem gewissen Gabriel Lecouvreur gefahndet wurde. Auf jeden Fall durfte er nicht das Risiko eingehen, sich ein Hotelzimmer zu nehmen. Er müßte bestimmt seinen Paß vorzeigen, und falls er gesucht wurde, brauchte die Polizei ihn nur aus dem Bett zu holen. Ein Flugticket zu kaufen und einfach durch die Kontrollen am Flugplatz zu gehen, erschien ihm auch problematisch. Schon allein sein falsches Visum könnte ihn in ein mexikanisches Gefängnis bringen. Das wenige, was er von den Strafanstalten in diesem Lande wußte, brachte ihn zur Erkenntnis, daß er diese Situation besser vermeiden sollte. Die Rechnung für diesen kleinen Gesetzesverstoß wollte er lieber in Paris begleichen.

Die Erschöpfung wurde auch immer spürbarer. Das Geschrei und Gesinge der Feiernden machten ihm Kopfschmerzen. Seine Augenlider wurden schwer, er konnte kaum noch lesen. Die Zeitungsartikel verschwammen vor seinen Augen, und die einfachsten spanischen Wörter erschienen ihm unverständlich. Aber er hatte nicht den Mut, direkt zum Flugplatz zu fahren.

Im Drugstore wurde alles mögliche verkauft, auch Souvenirs für Touristen. Gabriel kaufte einen bunten Poncho, eine Andenwollmütze, einen schwarzen Sombrero, eine nachgemachte Ray-Ban-Sonnenbrille und eine grüne Nylontasche mit dem weißen Logo von Nike. Er streifte den Poncho über seine Jacke, setzte die Mütze auf die Stirn, klappte den Sitz des Mazda zurück und richtete sich für die Nacht ein.

Am frühen Morgen war er keineswegs auf dem Damm. Er hatte alle möglichen Positionen auf seinem Sitz ausprobiert, ohne eine zu finden, bei der er sich nicht völlig verrenken mußte. In solchen Situationen war seine Körpergröße ein ziemliches Handicap. Er hatte das Gefühl, sich nie wieder auseinanderfalten zu können. Als er endlich aufrecht stand, merkte er, daß sechs Stunden schlechter Schlaf ihm doch etwas

Kraft gegeben hatten. Er packte seine Einkäufe vom Vortag zum Ferkel in den Kofferraum und ging noch mal in den Drugstore, um einen Kaffee zu trinken und etwas Morgentoilette zu machen. Der Spiegel zeigte das Bild eines Mannes mit tiefen Falten, der Zweitagebart machte das miese Aussehen auch nicht besser. Er zögerte kurz, entschied sich dann aber dafür, sich nicht zu rasieren.

Nachdem er sich zwei Kaffee und ein halbes Dutzend trockener Kuchenstücke einverleibt hatte, wurden seine Gedanken etwas klarer. Mit dem Stadtplan in der Hand wandte er sich an einen großen *hidalgo*, der über das Personal des Drugstores zu gebieten schien.

«Ich habe ein sperriges Paket, das ich nach Frankreich schicken möchte.»

Der Geschäftsführer befragte mehrere seiner Unterlinge, dann gab er ihm die Adresse eines amerikanischen Paketdienstes und steigerte sein Entgegenkommen so weit, ihm den Weg dorthin auf dem Stadtplan zu zeigen. Ohne große Probleme fand er das Kaufhaus, in dem dieses Unternehmen residierte. Die Angestellten verzogen keine Miene, als er ihnen das ausgestopfte Schwein übergab. Sie tauschten höchstens untereinander einige Blicke aus.

«Packen Sie es bitte gut ein!»

«Keine Sorge, Señor, das ist unsere Spezialität …»

Dann hielt er es für besser, den Mazda stehenzulassen. Ihn zu einer Verleihfiliale zurückzubringen würde ihn in unnötige Gefahr bringen, und wenn es auch bei der Unmenge von Fahrzeugen, die Mexico überfluteten, nur wenig wahrscheinlich war, ihn zu finden, so war das am Flughafen sicherlich anders.

 Er stieg in ein Taxi. Der Fahrer begrüßte ihn mit

einem ironischen Lächeln. Unrasiert, in einen Poncho gekleidet, mit seiner Indianermütze auf dem Kopf und dem Sombrero auf dem Rücken sah er aus wie ein alternder Rucksacktourist, der dem Alternativlook seiner Jugend treu geblieben war. Am Flugplatz stellte er fest, daß er damit nicht der einzige war: Dutzende mehr oder weniger junge Reisende schliefen auf dem nackten Boden in Schlafsäcken oder in Decken eingewickelt, während sie auf ihr Flugzeug warteten. Er machte es sich unter ihnen gemütlich, zwischen einer mit selbstgemachtem Schmuck behängten, zöpfchentragenden kleinen Blondine und einem Typen mit wilder Mähne, der einen Roman von Stephen King in der Originalausgabe las. Er benutzte seine Tasche als Kopfkissen, um seine müden Knochen von der Nacht im Mazda zu erholen, und peilte die Lage.

Mit Maschinenpistolen bewaffnete Polizisten patrouillierten in Zweiergruppen. Sie sahen nicht weiter gefährlich aus: Sie dienten nur der Abschreckung und kontrollierten niemanden. Aber relativ schnell machte er Ziviltrupps aus, die in Dreiergruppen operierten. In der Menge verborgen, musterten sie aufmerksam die Passagiere. Ein glückloser Taschendieb ließ sich direkt vor seiner Nase von ihnen schnappen, und drei andere Personen wurden ebenfalls von Polizisten irgendwohin abgeführt. Nach einer halben Stunde fiel es ihm ziemlich leicht, die Ordnungskräfte zu identifizieren, er zählte etwa zwanzig und stellte besorgt fest, daß der Raum quasi rastermäßig überwacht wurde.

Auf der Abflugtafel stand für Mittag ein Flugzeug nach Paris. Das nächste ging um achtzehn Uhr. Pulp stand auf, hängte sich seine Tasche um und bewegte sich in Richtung der Schalter. Am Eincheckschalter für Paris stand eine ellenlange Schlange, die aber relativ schnell vorrückte.

Die Schlange rückte vor, aber zwei Leute blieben stehen …

Sie waren etwa dreißig, sahen sportlich aus, trugen leichte Leinenklamotten und keine Krawatte und unterschieden sich deutlich durch viele Details von den mexikanischen Polizisten, die Gabriel eben beobachtet hatte: Kleidung, Schuhe, Haltung. Dennoch gab es keinen Zweifel: Sie überwachten die Schlange pausenlos. Einer von ihnen trat etwas beiseite, um sich eine Zigarette anzustecken. Er rauchte Camel und benutzte ein Zippo-Feuerzeug der amerikanischen Armee …

Pulp hielt sich vorsichtshalber etwas abseits. Es war zwar nicht sicher, ob die mexikanische Polizei ihn suchte, aber es gab keinen Zweifel, daß die Kollegen von Ralph Dillon ihn in die Finger bekommen wollten.

Der Flugplatz war ein ungünstiger Ort für jemanden in seiner Lage, aber es gab nicht viele Möglichkeiten, Mexico zu verlassen. Gabriel mischte sich wieder unter die Rucksacktouristen, für die sich offensichtlich weder die mexikanischen Polizisten noch die mutmaßlichen CIA-Agenten interessierten. Dann wurde seine Aufmerksamkeit von einer kompakten Reisegruppe abgelenkt, die Anzüge trug und Koffer auf Rollen hinter sich herzogen.

All diese Leute gingen an den Rucksackfreaks, die sich auf dem Boden breitmachten, vorbei, ohne sie eines Blickes zu würdigen. Sie redeten französisch und steuerten das Büfett an. Alle trugen dasselbe Abzeichen in den Farben der Trikolore. Pulp entdeckte den *muchacha*-Liebhaber und die beiden Computergenies.

109 Er ging zu ihnen an die Bar. «Sieh da, großer Aufbruch?»

«Monsieur Lecouvreur! In dieser Aufmachung hätte ich Sie fast nicht erkannt. Ich dachte, daß sich Agenten nur in schlechten Kriminalromanen so verkleiden …»

«Sie glauben doch wohl nicht, daß mir das Spaß macht … Ich habe mehrere CIA-Leute auf den Hacken. Nehmen Sie die Mittagsmaschine?»

«Ein Teil der Delegation fliegt am Mittag, die anderen um sechs.»

«Darf ich Sie um einen Gefallen bitten?»

Der Typ wechselte die Farbe.

«Nun … Ich muß an meine Familie denken.»

«Keine Sorge, es geht um nichts Gefährliches oder Kompromittierendes. Nur darum, diesen Gegenstand nach Paris zu bringen. Die Amis dürfen mich nicht damit erwischen.»

Gabriel legte den Taschencomputer auf die Theke.

«Und Sie sind sicher …»

«… daß Sie nichts riskieren? Absolut. Was soll Ihnen denn passieren?»

«Na gut. Wie wollen Sie ihn zurückbekommen?»

«Würde es Ihnen etwas ausmachen, mir Ihre Adresse zu geben?»

«Sie können mich im Ministerium erreichen.»

Der Mann gab ihm seine Karte. Er war stellvertretender Direktor in der Abteilung für Außenhandel.

«Ich hoffe, daß Sie mich für die Mühe zumindest in Paris zum Essen einladen und mir die Einzelheiten erzählen.»

«Das werde ich keinesfalls vergessen.»

«Fliegen Sie mit der Nachmittagsmaschine?»

«Ich hoffe es. Aber es ist besser, wenn man uns nicht zu lange zusammen sieht.»

Ein Punkt war schon mal geregelt.

Die Rucksacktouristen schälten sich aus ihren Schlafsäcken, streckten die Glieder, rollten die Decken zusammen und schnürten ihre Bündel. Einige gingen zum Einchecken, andere zur Bar. Pulp folgte den ersteren, mit einigem Abstand. Die beiden Amerikaner waren zwar verschwunden, aber durch ihre Zwillingsbrüder ersetzt worden …

Gabriel suchte sich einen Beobachtungsposten, der durch eine andere Schlange von Reisenden geschützt war, die geduldig vor dem Schalter der brasilianischen Fluggesellschaft Varig warteten. Ein Teil der Passagiere nach Paris ging direkt in die Abflughalle, nachdem sie ihr Gepräck aufgegeben hatten, andere kamen zurück, um Einkäufe zu machen oder etwas zu trinken. Gabriel folgte einem Paar. Er war groß und dünn, sie klein und rund. Nach ihren abgewetzten Parkas, Turnschuhen und geflickten Taschen zu urteilen, konnten sie nicht reich sein. Er näherte sich ihnen, als er meinte, daß sie weit genug von der Schlange entfernt waren, die von den beiden Amerikanern überwacht wurde.

«Hätten Sie Interesse, etwas Geld zu verdienen?»

«Wenn es sich um Drogen handelt, machst du dich am besten vom Acker», versetzte der Typ.

Er hatte einen deutlichen belgischen Akzent.

«Hör ihn doch wenigstens an», sagte das Mädchen.

«Es geht nicht um Drogen. Ich kaufe dir deinen Paß und dein Ticket ab. Du wartest zwei Stunden und sagst, daß man dir die Dinger geklaut hat. Du riskierst nichts, außer ein bißchen Zeit zu verlieren.»

«Kommt nicht in Frage!»

«Und was würde das bringen?» hakte das Mädchen nach.

 «Sagen wir tausend Dollar?»
«Kommt nicht in Frage!» wiederholte der Typ.
«Fünfzehnhundert?»
«Kommt nicht in Frage. Verpiß dich.»
«Für zweitausend würde es sich vielleicht lohnen», meinte das Mädchen.
«Das muß dein Kumpel entscheiden. Aber höher als zweitausend gehe ich nicht.»
«Da ist doch was faul. Kommt nicht in Frage.»
Der Kerl war einfach verstockt. Seine Freundin und er begannen zu diskutieren, aber er wollte nicht nachgeben. Sie entfernten sich in Richtung Schalter, ohne sich umzudrehen.
Das war danebengegangen. Gabriel entdeckte zwei andere Rucksackträger, die in die Toilette gingen. Einer war blond und dick, aber der andere hatte die passende Figur. Er trat hinter ihnen ein, ohne noch recht zu wissen, wie er es anpacken sollte. Ein halbes Dutzend Leute wartete vor den Kabinen. Unter diesen Bedingungen war nichts zu machen. Es war einfach nicht sein Glückstag.
Mittag rückte immer näher, ohne daß er eine Lösung gefunden hatte. Der Schalter für Paris war inzwischen bereits geschlossen. Die Amerikaner waren verschwunden. Zur Nachmittagsmaschine würden sie zweifellos wiederkommen. Pulp hockte sich inmitten der Rucksackträger auf seinen Poncho.
Das Leuchtschild kündigte Flüge nach London, Amsterdam und Berlin an. Warum sollte er unbedingt direkt nach Paris fliegen? Er sprach nacheinander einen Schweizer, zwei Deutsche und einen Holländer an, aber keiner wollte ihm seinen Paß überlassen, obwohl er sein Angebot auf dreitausend erhöht hatte. Der Holländer bot ihm an, ihm die Adresse eines pe-

ruanischen Fälschers zu verkaufen, der in Coyoacan am Stadtrand von Mexico wohnte, aber dieser Vorschlag schien ein Schwindel zu sein.

Als er schon zu verzweifeln begann, entdeckte er zwei weitere Abzeichenträger. Die beiden Delegationsmitglieder begaben sich zum Büfett. Auf Verdacht folgte er ihnen und setzte sich an den Nebentisch.

«Hören Sie mir gut zu, Norbert», sagte der eine, der eine Stufe höher zu stehen schien als der andere, «morgen treffe ich den Boß. Und ich komme sofort nach Mexico zurück, wenn es notwendig sein sollte. Aber Sie werden das Ding schon schaukeln! Ich zähle auf Sie. Ich weiß, daß Sie Familie haben, und ich weiß auch, daß es Ihnen keinen Spaß macht, noch drei Tage in dieser versifften Stadt zu bleiben, aber ...»

«Aber nein, ganz und gar nicht», protestierte Norbert träge.

«Aber ja doch, ganz gewiß ... Was mich betrifft, so kann ich mich einfach nicht an diese verschmutzte Luft gewöhnen, obwohl es heute ja ein bißchen besser ist, finden Sie nicht auch?»

«Vielleicht.»

«Ich mache mir keine Illusionen: Die werden morgen nicht unterschreiben. Ihre Aufgabe besteht erst mal darin, das Terrain zu sondieren. Und das ist vermint, Norbert, vermint, vergessen Sie das nicht.»

«Ich vergesse es nicht.»

«Wenn es um Bakschisch geht, machen Sie klar, daß Sie nicht zu entscheiden haben, aber schlagen Sie nicht die Tür für ein Arrangement zu. Vor allem, ergreifen Sie nicht die Initiative, so etwas direkt vorzuschlagen, machen Sie nur Andeutungen ...»

«Das habe ich schon verstanden.»

 «Wie dem auch sei, Ihre Einsatzbereitschaft wird vom

 großen Boß bestimmt gewürdigt werden. Ich habe die Absicht, ihm vorzuschlagen …»

Weil der Kellner kam, konnte Pulp den Rest des Satzes nicht verstehen. Danach sprachen sie über technische Dinge. Sie sahen sich geheimnisvolle Skizzen an, die mit Buchstaben und Ziffern gekennzeichnet waren, und malten Kreuze auf verschiedene Dokumente.

Punkt vier Uhr machte Norbert sich davon. Wahrscheinlich meinte er, daß er genug Ergebenheit gezeigt hatte, und außerdem war er wohl froh, seinen Chef nicht mehr im Nacken zu haben. Diese Erleichterung schien auf Gegenseitigkeit zu beruhen. Der Chef steckte die Unterlagen in seinen Diplomatenkoffer und begann in einer Ausgabe von *Penthouse* zu blättern.

Pulp sah sich den Mann genau an, während dieser völlig versunken das auf Hochglanzpapier angebotene Fleisch betrachtete, und er kam zu dem Ergebnis, daß er bestens paßte. Er war groß und etwa so alt wie er selbst, aber das spielte eigentlich keine Rolle.

Diesmal war das Glück ihm wohlgesinnt. Nachdem er zwei Biere gezischt hatte, mußte der Delegierte schiffen gehen. Im Flughafen war im Moment nicht viel los. Die Toiletten waren leer. Der Typ sah den Schlag nicht kommen. Mit offenstehendem Hosenschlitz brach er auf dem Boden zusammen. Pulp schleifte ihn in eine Kabine und zog ihn aus. Der Anzug paßte ihm ausgezeichnet. Nur die Schuhe waren zu klein. Daher behielt er die amerikanischen Schuhe an, die er sich in Santiago gekauft hatte. Sie paßten zwar nicht zu dem grauen Anzug, aber es war höchst unwahrscheinlich, daß man sich für seine Füße interessierte. Im Koffer des Delegierten war ein elektrischer Rasierapparat. Nachdem er sich glatt rasiert und sich die

Clubkrawatte umgebunden hatte, fand Gabriel, daß er tadellos aussah. Er brachte das blauweißrote Abzeichen, das sich etwas gelockert hatte, wieder richtig an und ging zum Einchecken, den Gurt der Nike-Tasche über der Schulter, den Diplomatenkoffer in der einen Hand und mit der anderen den Koffer hinter sich herziehend.

Das neue System der in Plastik eingeschweißten Paßfotos machte eine Fälschung und die Auswechslung dieser Bilder zwar schwieriger, erleichterte jedoch nicht unbedingt die Identifikation. Kein System war vollkommen. Jedenfalls gelang es Pulp, die verschiedenen Hindernisse auf dem Weg zum Wartesaal zu überwinden. Die beiden Amerikaner, die ihre Kollegen abgelöst hatten, musterten ihn aufmerksam, aber als sie sein Abzeichen gesehen hatten, interessierten sie sich nicht mehr für ihn. Welcher Mörder würde schon auf die verrückte Idee kommen, in einem fremden Land mit einem Abzeichen in den Farben der Trikolore am Revers durch die Gegend zu marschieren?

Aber eine Unbekannte war noch im Spiel: Würden die anderen Delegationsmitglieder dasselbe Flugzeug nehmen? Im Wartesaal hatte er sie nicht bemerkt, aber sie konnten noch im letzten Moment kommen. Was den Besitzer des Passes und des Flugtikkets betraf, Gilbert Ducourtay, Handelsdirektor bei Lafarge-Waffensysteme, so war er gut verschnürt und geknebelt im WC, aber es bestand trotzdem die Gefahr, daß man ihn vor dem Abflug fand …

Der Lautsprecher begann zu knistern. Eine liebliche Stimme kündigte an, daß der Flug der Virgin-Airline nach Paris *un poquito de retraso*, eine klitzekleine Verspätung, hätte, ohne Genaueres zu sagen. Pulp lief es eiskalt über den Rücken.

 Das war das Schlimmste, was ihm passieren konnte, und zwar um so mehr, als er jetzt im Wartesaal festsaß.

Sein Herzschlag beschleunigte sich erneut, als er sah, wie zwei weitere Delegationsmitglieder mit dem blauweißroten Abzeichen am Revers auftauchten. Er stürzte in die Toiletten, legte Jackett und Krawatte ab, die er in seine Tasche stopfte, streifte seine eigene Jacke über und ließ die falsche Ray-Ban-Brille verschwinden. Nur der Diplomatenkoffer konnte noch die Aufmerksamkeit auf ihn lenken. Er behielt ihn trotzdem, da er befürchtete, jemand könnte den Koffer finden und sich auf die Suche nach seinem Besitzer machen. Im Klo gab es leider keine Möglichkeit, ihn zu verstecken.

Die Wartezeit erschien ihm unendlich lang. Trotzdem kam irgendwann endlich der Aufruf, an Bord zu gehen, ergänzt um Entschuldigungen der lieblichen Stimme für den *poquito de retraso*.

Die Plätze waren reserviert und numeriert, und es war gut möglich, daß man ihn neben die beiden anderen Delegationsmitglieder setzte. Die Nummer und der Buchstabe gehörten zu einem Platz im hinteren Teil des Flugzeugs. Daher wandte er sich an die Stewardeß, eine hübsche Engländerin mit grünen Augen.

«Ich habe Proleme, hinten zu fliegen. Ist es möglich, den Platz zu wechseln?»

Sie sah ihn mit einem Ausdruck an, in dem sich Amüsiertheit und eine gewisse aristokratische Geringschätzung mischten.

«Sind Sie abergläubisch, Monsieur?»

«Genau. Mein Onkel ist bei einem Unfall hinten im Flugzeug ums Leben gekommen, während die anderen 80 Prozent gerettet wurden.»

«Ich sehe zu, was ich machen kann. Warten Sie bitte hier.»

Als die beiden Delegierten an ihm vorbeigingen, um sich, wie er vorausgesehen hatte, nach hinten zu begeben, wandte er den Kopf ab. Die Stewardeß kam zurück und wies ihm einen Platz in der ersten Reihe direkt am Fenster an.

«Wird das gehen?»

«Ich bin Ihnen unendlich dankbar.»

Er sah aus dem Fenster und konnte befriedigt beobachten, wie die Gangway fortgeschoben wurde. Die Düsentriebwerke brummten. Als er gerade seinen Sicherheitsgurt angelegt hatte, preschte ein Jeep der mexikanischen Polizei mit heulender Sirene auf die Piste. Das Flugzeug kam auf Touren. Der Jeep folgte ihnen einige hundert Meter und gab dann auf. Und bald war Mexico City nur noch eine riesige graue Scheibe, die seltsamerweise von noch dunkleren Linien gerastert wurde, die langsam dem Blick entschwanden. Über dieser Scheibe schwebten mehrere Schichten schmutziggrauer Wolken. Das Flugzeug durchstieß diese Schichten eine nach der anderen und befand sich plötzlich unter einem azurblauen Himmel mit vereinzelten blendendweißen Wolken. Darunter konnte man noch die schäumenden Meereswogen erahnen, die aus dieser Entfernung allerdings schwarz aussahen. Dann verschwand auch das Meer. Gabriel war dieses Schauspiel ziemlich egal, er hielt sich die Nase zu, schluckte, um die Ohren freizukriegen, und atmete tief durch – genauso wie an dem Tag, als er das Haus von *El Gordito* verlassen hatte.

Er öffnete den kleinen Koffer von Gilbert Ducourtay und stellte fest, daß der Beruf seines Besitzers darin bestand, Boden-Boden-Raketen und diverse elektronische Ortungssysteme zu verkaufen, von denen einige das Label «Special Anti-Guerilla» hatten, das in roten Buchstaben hervorgehoben war. Nachdenklich blätterte er in diesen Unterlagen, in denen die Zerstörungskapazitäten der verschiedenen Geräte genauso detailliert angegeben waren wie die Fassungsmenge oder Wattzahl in Kühlschrank- oder Hi-Fi-Katalogen. Als die Stewardeß mit dem Dinner kam, legte er die Papiere wieder an ihren Platz.

Allein schon der Anblick der Speisen, die von der britischen Fluggesellschaft angeboten wurden, ließ ihn von Kalbfleisch in weißer Soße und gefüllten Muscheln träumen, die Gérard im *Pied de Porc* servierte. Trotzdem zwang er sich, das zu Pudding verkochte Fleisch runterzuschlingen. Mit Hilfe von zwei Pils gelang es ihm, dieses scheußliche Menü zu vergessen. Die Biere zwangen ihn allerdings, nach hinten auf die Toilette zu gehen. Auf dem Rückweg kam er an einem der Vertreter der Trikolore-Delegation vorbei, der besorgt mit der Stewardeß sprach.

«Wie kann es sein, daß Gilbert Ducourtay nicht an Bord ist?»

«Die Passagiere sind vollzählig, Monsieur. Das ist unmöglich. Ohne seinen Koffer zu checken, hätten wir gar nicht starten können. Wegen des Terrorismus. Die Vorschriften sind sehr streng.»

«Seien Sie bitte so nett und überprüfen Sie die Passagierliste. Sie haben doch eine Liste, oder?»

«Ich sehe zu, was ich machen kann.»

Das schien ihr Lieblingssatz zu sein. Wenn die junge Dame beim Überprüfen der Liste genauso effektiv war wie beim Verlegen von Gabriels Sitzplatz, mußte er sich bei der Ankunft auf einigen Ärger gefaßt machen. Auch ohne die Mexikaner, die bestimmt in Paris angerufen hatten …

Gabriel hatte noch sieben Stunden, um über das Problem nachzudenken. Es war völlig unnütz, sich schon vorher aufzuregen. Er ließ sich tief in den Sitz zurücksinken und schloß die Augen.

PULP UND DIE RACHE DER SCHATTEN 13

General Ernesto Andara lag auf einem Liegestuhl an seinem Swimmingpool. Es war in dieser Jahreszeit viel zu kalt, um ihn zu benutzen, aber er liebte es, dort zu sitzen. Eigentlich sprangen überhaupt nur seine Nichten in dieses Schwimmbecken, wenn die Familie seines Bruders ihn besuchte. Aber eine Villa mit Swimmingpool in Las Condes war einfach standesgemäß. Andara war höchst stolz auf dieses Symbol seines gesellschaftlichen Erfolges, denn er stammte aus sehr bescheidenen Verhältnissen. Früher hatte dieses schöne weiße Haus, das von hohen Mauern umgeben war, einem sozialistischen Würdenträger gehört, einem jener Großbürger der heuchlerischen Linken, die in der Öffentlichkeit revolutionäre Reden hielten, privat aber versnobt auf junge Offiziere aus den unteren Schichten wie Ernesto Andara herabsahen.

Aber diese Zeit war vorbei. Im Herbst 73 hatte der sozialistische Würdenträger es seinen Anhängern überlassen, den bewaffneten Kampf weiterzuführen, und war feige nach Europa geflüchtet. Nach seiner Rückkehr wurde ein Kompromiß gefunden, und Andara konnte die Villa behalten.

Er winkte seiner Gattin zu, die gerade andere Offiziersfrauen zum wöchentlichen Bridgeabend empfing. Das war die neueste Marotte von Paula Andara, die allerdings jede Menge andere hatte. Angefangen damit, die Nordamerikaner nachzuahmen, indem sie ihre Haare von einem sündhaft teuren Friseur bleichen ließ und sich bei jeder Gelegenheit in Englisch ausdrückte. Als ob sie sich schämte, Chilenin zu sein! Diese Spinnereien mißfielen dem General außerordentlich, denn er selbst war stolz auf seine Nationalität.

Andara war guter Laune, denn am Vortag hatten die Christdemokraten mit eingekniffenem Schwanz kapituliert: Admiral Contreras würde nicht ins Gefängnis kommen, nicht einmal in ein Sondergefängnis. Wieso auch, Contreras hatte ebenso wie er selbst das Land gerettet! Das fehlte noch, daß man ihn wie einen x-beliebigen Verbrecher ins Gefängnis warf. Wenn der Präsident nicht nachgegeben hätte, er, Andara, wäre bereit gewesen, mit seinen Rangers auszurücken, eine Maschinenpistole in die Hand zu nehmen und die Sache zu regeln.

Aber gut, die Sache war erledigt. Augusto Pinochet hatte mit der Faust auf den Tisch geschlagen, und die anderen hatten wie üblich gekuscht. Und dann hatte der Generalissimus seinen siebzigsten Geburtstag mit großem Pomp und dem Segen des Heiligen Vaters gefeiert. Eine großartige, bewegende Zeremonie, die der Traditionen der nationalen Armee würdig war. Andara bekam noch immer feuchte Augen, wenn er daran dachte.

Er unterdrückte ein Gähnen, streckte sich, stand auf, marschierte zu den Fenstern des Salons und stellte fest, daß die Damen völlig in ihr Spiel vertieft waren und ihre kleinen Portweingläser in Reichweite standen. Er schlüpfte in sein Jackett und ging in die Garage, wo Paulas BMW-Kabrio neben seinem Pontiac

und dem Volvo-Kombi stand, den die Diener zum Einkaufen benutzten. Er verzichtete auf den Pontiac, der zu auffällig war, und stieg in den Volvo.
Zu dieser Stunde war Santiago nahezu menschenleer, aber es war noch früh. Andara ging zunächst in ein brasilianisches Café auf der Ahumada, dann in eine Bar in der Calle San Antonio. Der Barkeeper erkannte und begrüßte ihn. Durchs Fenster konnte der General die Straße beobachten. Ganz in der Nähe war Silvera umgelegt worden. Eine Scheißgeschichte. Aber in gewissem Sinne war das auch nicht so schlecht. Silvera konnte nichts mehr ausplaudern. Die Erinnerung an diesen Mord ließ Andara dennoch schaudern. Er überprüfte unwillkürlich, ob er seinen Colt dabeihatte. Er ging nie ohne diese Waffe aus dem Haus, und er verstand mit ihr umzugehen.
Leicht angeheitert von zwei *piscos*, verließ er die Bar. Im Gegensatz zu den meisten Offizieren, die Whisky soffen, blieb er dem Nationalgetränk treu. Er stieg in seinen Kombi, machte einen kleinen Umweg durch die Calle Merced und parkte hinter der Plaza de Armas, im Schatten der Kathedrale.
Sofort war sein Wagen von jungen Leuten umgeben. Ein Mädchen mit einem silbrigen Minirock zog eine angewiderte Grimasse, als sie ihn erkannte.
«Bah, *Flaquito*, der mag eh keine Frauen!»
Er verzichtete darauf, auszusteigen und ihr mit ein paar Faustschlägen Benimm beizubringen. Er mochte es nicht, wenn man ihn so nannte, *Flaquito*, Hänfling. Das erinnerte ihn an seine Jahre in der Militärschule. Er war zwar klein und schlank, aber er hatte Muskeln. Die anderen Kadetten, die ihn beleidigten, hatten oft Dresche bezogen.
 Aber es stimmte, er kam nicht wegen der Frauen hier-

her. Seine Vorliebe für junge Knaben hatte ihm schon manchen Ärger eingebracht. Vor einem Jahr hatte ihn die Polizei in Begleitung eines Jugendlichen aufgegriffen, in einer peinlichen Haltung. Aber sie hatten ihn schnell wieder laufenlassen und seinen Namen aus den Berichten getilgt, nachdem er mit ihren Vorgesetzten telefoniert hatte. Ernesto Andara besaß seit der Zeit der *Cutufa*, der schwarzen Kasse der Diktaturbonzen, ausführliche Dossiers über eine ganze Reihe von Leuten.

Damals beherrschte seine Clique die Stundenhotels, die von den gutbetuchten Lebemännern von Las Condes besucht wurden und in denen man genau solche hübschen *niños* fand wie die, die heute auf der Plaza de Armas auf den Strich gingen. Der General hatte damals viele Möglichkeiten, seine Neigungen diskret zu befriedigen.

Die Erinnerung ließ Andara aufseufzen. Seine Augen begannen zu glänzen, als er einen fünfzehnjährigen Jungen näher kommen sah, der graziös wie ein Mädchen war, mit großen schwarzen Augen und einem hübschen runden Hintern, der sich in der Jeans abzeichnete. So mochte er sie, ein bißchen weibisch, aber nicht zu sehr. Diesen hier sah er zum ersten Mal. Zweifellos ein Neuer. Angetrieben vom Wunsch nach schnellem und leichtem Gewinn, kamen die Jugendlichen jede Nacht aus den elenden Slums von Conchali herunter, um sich zu verkaufen.

Andara machte dem Jungen ein Zeichen, um den Wagen herumzugehen und neben ihm einzusteigen. Der junge Mann warf ihm einen prüfenden Blick zu und gehorchte. Er bewegte sich mit wiegenden Hüften, absichtlich provozierend. Nachdem er die Tür geschlossen hatte, fuhr Andara los, ohne ein Wort zu sagen.

Ein grüner Ford Falcon ohne Scheinwerferlicht nahm die Verfolgung des Volvo auf. Die beiden Fahrzeuge entfernten sich von der Plaza de Armas und fuhren zum Ufer des Mapucho, der in der Dunkelheit versunken war. Andara überquerte die von Gustave Eiffel gebaute Eisenbrücke und parkte seinen Volvo in einer dunklen Ecke. Der Ford blieb etwa hundert Meter entfernt stehen.

Andara stellte den Motor aus und legte seine gierige Hand auf den mageren Schenkel seines Fahrgasts. Die Hand wanderte bis zum Geschlecht hoch.

«Wir wollen mal sehen, was du da drin hast, *muchacho.*»

«Sie müssen erst bezahlen, Señor.»

«Ich bezahle nicht, bevor ich deine Ware gesehen habe. Aber beruhige dich. Du wirst bezahlt werden. Ich bin ein ehrlicher Mann.»

«Ich möchte aber erst bezahlt werden.»

«Na gut», seufzte Andara, der seine Hand zurückzog, um in seine Jacke zu greifen und die Brieftasche herauszuholen.

Der Junge steckte die Pesos ein und schmiegte sich wie eine Katze an den General. Seine Finger glitten in den Hemdausschnitt des Generals, spielten mit seinem krausen Brusthaar und schlossen sich dann plötzlich um den Griff des Colts.

«Heda, *hijo de maricón*!»

Andara ergriff die Faust des Jungen und begann zu lachen. Der Kampf war ungleich und erregte ihn. Dieser kleine Schweinehund wollte ihn berauben, er würde ihm schon zeigen, wer hier wen verarschte.

Der Junge verrenkte sich die Glieder, ließ die Waffe los und warf sich plötzlich auf den Rücksitz. Im selben Moment erfolgte die Detonation. Der General sank mit aufgerissenem Mund und verdrehten Augen über dem Lenkrad zusammen. Mit geübtem Griff schnappte der Junge sich die Brieftasche, rannte eiligst davon und verschwand in der Dunkelheit.

Der Mann, der geschossen hatte, steckte seine Waffe ein, packte Andara bei den Haaren, hob seinen Kopf hoch, um zu überprüfen, ob er wirklich tot war, und zog ihn dann aus dem Wagen. Ein zweites Individuum wartete. Ohne ein Wort zu sagen, schleppten sie die Leiche weg und verstauten sie im Kofferraum des Fords, der sich so weit genähert hatte, daß er die hintere Stoßstange des Volvo berührte.

Das Ganze hatte nicht einmal eine Minute gedauert und wenig Mühe gekostet. Andara war sehr leicht. Was immer er zu seinen Lebzeiten davon gehalten haben mochte, er trug seinen Spitznamen *Flaquito* zu recht.

PULP UND DIE RACHE DER SCHATTEN

14

Sobald er einen Fuß auf die Gangway gesetzt hatte, wurde Pulp klar, daß es kaum eine Chance gab, die nächste Nacht in Cheryls Armen zu verbringen. Im Flugzeug hatte er von ihr geträumt – und auch von der alten Frau, die nur noch für ihre Rache lebte, von den beiden Killern, die sie engagiert hatte, von *El Gordito* und von Ralph Dillon. All diese Personen hatten sich zu einem seltsamen Reigen vermischt, von dem er jedoch nur wirre Bruchstücke erinnerte, während er Cheryls Körper und Zärtlichkeiten noch so genau spürte, daß er das Gefühl hatte, sich aus ihrer Umarmung losreißen zu müssen.

Das Empfangskomitee bestand aus zwei Zivilbullen, die am Fuß der Gangway an einem schwarzen Renault lehnten. Kurze Haare, Sonnenbrillen, graue Anzüge, schlichte Schlipse: Sie äfften den cleanen Look der FBI-Leute nach. Ein dritter gleicher Machart hockte hinter dem Lenkrad.

Sie stellten sich zu beiden Seiten der Gangway auf und kamen im Gleichschritt auf ihn zu.

«Lecouvreur? Wollen Sie uns bitte folgen. Und ohne Aufsehen, bitte.»

Aufsehen erregen? Wozu? Er senkte den Kopf und stieg in den Renault Safrane, der sofort losfuhr.

«Können Sie mir vielleicht erklären …»

«Sie werden genug Zeit haben, etwas zu erklären.»

Sie waren keine Schwätzer. Streng, korrekt, aber auch verschlossen und kühl, genauso unpersönlich wie ihre Karre und ihre Anzüge, perfekte Abziehbilder der Polizei im modernen demokratischen Staat … Gabriel verzichtete darauf, ein Gespräch anzuknüpfen. Sie stiegen eine Außentreppe hinauf, direkt von der Piste, weit entfernt von den üblichen Wegen der Passagiere, und kamen an Uniformträgern der Flughafenpolizei vorbei. Durch eine halb angelehnte Tür sah Pulp ein halbes Dutzend ärmlich gekleideter Asiaten, wahrscheinlich illegale Einwanderer, die auf den nächsten Charterflug warteten. Sie kamen zu einem kleinen Raum, in dem ein Mann im weißen Hemd wartete, der ohne ein überflüssiges Wort mit dem begann, was man als «systematisches Filzen» bezeichnete. Gabriel mußte sich ausziehen, die Arme heben, sich vorbeugen, husten. Man ließ ihn allein, nackt, auf einen Plastikschemel in einem nackten Raum hockend, während man Stück für Stück seine Kleidung durchsuchte. Dann kamen sie zurück, um eine Röntgenaufnahme zu machen, falls er seinen Magen und seine Eingeweide als Versteck genutzt haben sollte.

 «Bitte nicht, Röntgenstrahlen sind krebserregend, und außerdem verbietet mir das meine Religion.»
«Spiel nicht den Idioten, Lecouvreur!»
Eine neue Person war aufgetreten, weder neutral noch clean. Jacques Vergeat gehörte zur früheren Generation. Kurz vor der Pensionierung machte er auf gutmütig wie Jean Gabin, mit seiner Pfeife, seinen Posen und seinen Sticheleien. Lächelnd weidete er sich an Pulps Nacktheit.
«Wissen Sie, Lecouvreur, Sie trinken zuviel Bier. Sie setzen ja schon Fett an ...»
«Sie haben da aber noch einen weiten Vorsprung vor mir.»
«Auch sonst hab ich mehr drauf. Es ist mir ein Vergnügen, Sie hier zu sehen ...»
«Das Vergnügen ist ganz auf meiner Seite. Würde es Ihnen etwas ausmachen, Ihren Pappkameraden zu sagen, daß sie mir meine Klamotten wiedergeben sollen? Es ist nicht gerade warm bei Ihnen.»
Vergeat nickte dem Mann im weißen Hemd zu, der Gabriels Kleidung holte und sie ihm in einem Bündel vor die Füße warf. Ohne besonders aggressiv zu sein, die Geste war für ihn offenbar ganz normal.
«Das Personal ist auch nicht mehr das, was es mal war», bemerkte Pulp.
«Ein anderer als Sie hätte sich eine Ohrfeige eingehandelt.»
«Ich weiß gar nicht, wie ich Ihnen für diese Sonderbehandlung danken soll, Vergeat.»
«Indem Sie meine Fragen klar und deutlich beantworten. Ziehen Sie sich an und folgen Sie mir.»
Gabriel und der Mann vom Verfassungsschutz fanden sich beiderseits von einem kleinen Plastikschreibtisch wieder, auf dem ein Kleincomputer stand, in

einem winzigen Raum mit weißen Wänden. In diesem Raum befand sich sonst nichts.

«Kein Zweifel, Sie verstehen es, Leute zu empfangen. Ist ja regelrecht intim hier, geradezu herzerwärmend …»

«Ändern Sie Ihren Ton, Lecouvreur, sonst ziehen wir andere Seiten auf.»

«Folter? Das kennen Sie wohl noch aus Ihrer Jugend. Und es hat Ihnen Spaß gemacht, nicht wahr?»

Vergeat ignorierte die Provokation. Er nahm Pulps Paß und schlug die Seite auf, wo das falsche echte mexikanische Visum klebte.

«Gefälscht, Urkundenfälschung, Hehlerei mit gestohlenen amtlichen Papieren, das kann schon mal … sagen wir zwei oder drei Jahre Knast bringen, wenn die Anklage hieb- und stichfest ist. Und wie Sie wissen, eine Anklage hieb- und stichfest zu machen, damit kenne ich mich aus. Für einen Typen wie Sie braucht man keine Folter. Sie sind es nicht wert, daß man sich die Finger schmutzig macht.»

«Gut, nur frage ich mich, was ich hier soll …»

«Können Sie sich das nicht denken?»

«Sollte ich?»

Vergeat beugte sich vor, griff in eine Aktentasche und zog die neueste Ausgabe des *Figaro* heraus, die er auf dem Schreibtisch ausbreitete.

CHILE: CIA-AGENT ERMORDET
POLIZEI VERDÄCHTIGT EINEN FRANZOSEN

Ein französischer Abenteurer könnte in einen Mordfall verwickelt sein. In einem Hotel in Santiago de Chile wurde Ralph Dillon, ein CIA-Agent, ermordet. Dillons Leiche wurde im Zimmer dieses Franzosen gefunden. Was diesen geheimnisvollen Mann betrifft, so soll er nach Mexico geflüchtet sein, und zwar, so die chilenische Polizei, mit Hilfe terroristischer Kreise … Wie aus dem Quai d'Orsay verlautet, hat das State Department bei den französischen Behörden interveniert, um eine Aufklärung des Verbrechens zu verlangen und dafür zu sorgen, daß alle Informationen über diesen französischen Staatsangehörigen an die amerikanischen, chilenischen und mexikanischen Behörden weitergeleitet werden …

Über die Mission von Ralph Dillon in Chile ist nichts bekannt, aber es hat den Anschein, daß ihm wichtige Dokumente gestohlen wurden …

«Verstehen Sie, Lecouvreur? Sie haben einen diplomatischen Zwischenfall ausgelöst!»

«Ich bin geschmeichelt.»

«Für wen haben Sie diesen Yankee umgelegt?»

«Ich habe ihn nicht getötet …»

«Hört, hört! Man findet ihn mausetot in Ihrem Zimmer. Sie verduften nach Mexico, obwohl Sie mit Ihrem Paß in aller Ruhe nach Frankreich zurückkehren könnten. Das ist nicht besonders logisch. Da brauchen wir schon eine glaubhaftere Erklärung.»

«Ich bin geneigt, Ihnen zu sagen, daß ich nur noch in Anwesenheit meines Anwalts antworten werde …»

Vergeat lehnte sich in seinem Stuhl zurück, setzte eine fröhliche Miene auf und stopfte seine Pfeife, ohne sie anzustecken.

«Wenn Sie das Spiel so spielen wollen, das steht Ihnen frei, Lecouvreur. Aber wir können Sie eine ganze Weile hier festhalten, bevor wir Sie zum Richter bringen. Kennen Sie die letzten Verordnungen zur Bekämpfung des Terrorismus und des Drogenhandels?»

«Was habe ich damit zu tun?»

«Ich werde Ihnen sagen, für wen Sie arbeiten!»

«Wenn Sie Fragen stellen und sie selber beantworten …»

«Imporsur, Benyamin, sagt Ihnen das etwas?»
«Mehr oder weniger …»
«Man hat Sie mit ihm gesehen, Sie haben ihn dreimal angerufen. Leugnen ist völlig zwecklos.»
«Na und?»
«Ich stelle mir vor, daß er Sie engagiert hat, um aufzuräumen. Dillon muß seine Nase in Benyamins Geschäfte gesteckt haben.»
«Ich verstehe nicht, auf was Sie hinauswollen …»
«Benyamin. Wir haben so eine Akte über ihn.» Er breitete die Arme aus, um den Umfang der fraglichen Akte anzudeuten. «Der Kerl ist bekannt wie ein bunter Hund. Antiquitätenhandel, Steuerhinterziehung, Verstöße gegen das Einfuhrgesetz, ohne kleinere Vergehen zu erwähnen, an die ich mich im Moment nicht erinnere. Es ist uns nie gelungen, ihn bei einem großen Coup zu erwischen, aber ich bin mir sicher, daß sein Laden als Deckmantel dient: Drogenhandel, Geldwäsche. Benyamin hat dem Auslandsgeheimdienst früher irgendwelche Dienste geleistet, und sie decken ihn mehr oder weniger, was uns die Arbeit auch nicht gerade erleichtert. Ich werde Ihnen sagen, wie ich die Sache sehe, Lecouvreur. Benyamin ist in Chile bei irgendeinem Coup reingelegt worden, einer seiner Konkurrenten hat ihn verpfiffen. Die Amerikaner haben den Faden zurückverfolgt, und sein Netz ist aufgeflogen. Deshalb hat er Sie runtergeschickt, damit Sie alle eliminieren, über die man an ihn rankommen könnte. Klassisch.»
«Sie halten mich für einen Profi-Killer? Das ist doch absurd!»
«Gelegenheit macht Diebe. Der Profi-Killer ist ein Mythos. Aber es gibt jede Menge Leute, die bereit sind, für eine Handvoll Dollars zu töten …»

 «Was für Dollars? Das muß alles erst mal bewiesen werden.»
«Wir werden es beweisen, Lecouvreur, wir werden ...»
Einer der drei Männer, die ihn am Flugzeug in Empfang genommen hatten, tauchte wieder auf, trat zu Vergeat, flüsterte ihm etwas ins Ohr und gab ihm zwei mit Schreibmaschine geschriebene Seiten. Vergeat setzte seine Brille auf und überflog sie.
«Ich habe den Eindruck, daß unsere Beweise gerade gekommen sind.» Er wedelte mit dem Dokument. «Das ist ein Fax aus Santiago. Alles paßt zusammen. Nebenbei gesagt, der gute Mann, der dieses mexikanische Visum in Ihren Paß geklebt hat, ist bereits verhaftet. Die sind schon in Ordnung, da in Chile! Und Sie haben mir gar nicht erzählt, daß Sie noch eine weitere Leiche gefunden haben: den Mittelsmann von Benyamin, durch Zufall, hä?»
«Ich habe Ihnen überhaupt nichts erzählt. Und Sie werden ziemliche Schwierigkeiten haben, mir das anzuhängen. Der Typ war schon mindestens einen Monat tot.»
«Die Chilenen haben dieses Detail nicht erwähnt. Wir werden sehen.» Vergeats Lächeln erlosch. «Und wir haben mehrere andere Anklagepunkte: Körperverletzung, Freiheitsberaubung, Diebstahl von amtlichen Dokumenten, Aneignung einer falschen Identität ... Gut, mein Junge», schloß Vergeat befriedigt, «wir lassen dich eine Weile nachdenken, und in vierundzwanzig Stunden sprechen wir uns wieder. Bis dahin haben wir vielleicht noch weitere Argumente, um die Debatte voranzubringen ...»
«Darf ich meinen Anwalt anrufen?»
«Abgelehnt. Keinen Kontakt mit niemandem, solange wir beide uns nicht geeinigt haben.»

Sie sperrten Pulp in eine winzige fensterlose Zelle, die mit einem Feldbett und einem Waschbecken ausgestattet war, das über der Kloschüssel hing. Einige Zeit später brachte ihm ein Typ, den er bisher noch nicht gesehen hatte, ein Sandwich. Das Brot war vertrocknet, die Butter ranzig und die Mortadellascheiben durchsichtig. Gabriel zog eine angewiderte Grimasse.

«Gibt es nichts anderes?»

«Haben Sie Geld?»

«Kein Problem.»

«Wenn Sie wollen, kann ich Ihnen etwas aus der Cafeteria holen.»

Er bestellte ein Steak mit Pommes und ein Bier. Der Wärter ließ ihn die Rechnung unterschreiben, die auf dem Weg mächtig angeschwollen war.

«Läuft Ihr kleines Geschäft gut?» fragte Pulp. «Wieviel können Sie im Monat zusammenkratzen?»

«Hören Sie, mein Lieber, wenn Sie lieber die Sandwiches wollen, ist das kein Problem ...»

Es war sinnlos, nachzuhaken. Nach dem Essen legte er sich hin und wickelte sich in eine schäbige Decke, die nach Chlor stank.

Es gelang ihm sogar, ein wenig zu schlafen. Einmal wurde er von lautem Geschrei geweckt, dann von Musik aus den Nachbarräumen. Weil es kein natürliches Licht gab, begann er das Zeitgefühl zu verlieren. Als man ihn wieder in Vergeats Büro holte, hätte er nicht sagen können, ob er gestern oder erst vor einigen Stunden verhaftet worden war.

Vergeat hatte sein Hemd und die Krawatte gewechselt.

Gabriel schloß daraus, daß er mindestens eine Nacht hier verbracht hatte.

«Fassen wir zusammen», sagte der Mann vom Staatsschutz. «Es gibt kein Auslieferungsabkommen zwischen Chile und Frankreich. Was Dillon betrifft, haben Sie eine Chance, sich aus der Affäre zu ziehen.» Er fuchtelte mit dem Zeigefinger wie ein Schulmeister. «Aber seine Kollegen werden Sie möglicherweise nicht vergessen. Wenn man einen von uns umbringt, wird auch die ganze Abteilung mobilisiert. Das ist bei denen ähnlich. Aber das ist Ihr Bier, mein Lieber. Was den Rest betrifft, so kann Sie das fünf Jahre kosten, wie ich gestern schon sagte. Haben Sie ein bißchen nachgedacht?»

«Die Bedingungen sind nicht so gut zum Nachdenken.»

«Ich habe einen Vorschlag für Sie.»

«Ich höre.»

«Ich kann Ihre Haut retten, aber unter zwei Bedingungen. Erstens», er zählte an den Fingern ab, «Sie helfen uns, Benyamin zu fassen …»

Gabriel senkte den Kopf.

«In meinem Alter werde ich nicht noch anfangen, jemanden zu verpfeifen.»

«Wenn Sie lieber drei oder vier Jahre in den Knast wollen …»

«Und die zweite Bedingung?»

«Sie erzählen uns alles, was Sie über diese Geschichte wissen. Was Dillon in Ihrem Zimmer gemacht hat, wieso Benyamin Sie da hingeschickt hat. Wir haben uns Ihre ganzen Sachen vorgenommen, und wir verstehen etwas davon, aber ich muß Ihnen gestehen, daß Sie gute Karten haben. Nichts, nicht mal ein Gramm Koks. Was hatten Sie da unten zu suchen, Lecouvreur?»

«Eine archäologische Spezialmission …»

«Bitte verarschen Sie mich nicht, oder ich behalte Sie acht Tage hier, bei Wasser und Brot, bevor ich Sie dem Richter übergebe.»

«Bei trockenem Brot fällt mir ein, Sie haben da einen kleinen Kollegen, der nicht auf den Kopf gefallen ist. Ich bin mir nicht sicher, ob er seine Nebeneinnahmen, ich meine die Häftlingsverpflegung, auch richtig versteuert.»

«Schreiben Sie einen Brief ans Finanzamt, Lecouvreur. Wir sind hier bei der Flughafenpolizei, das ist nicht meine Abteilung, und das geht mich nichts an. Aber lenken Sie nicht ab. Wollen Sie Vernunft annehmen, oder wollen Sie die harte Tour und ins Loch wandern?»

«Ich mache Ihr Spiel nicht mit, Vergeat. Ich verpfeife niemanden. Nicht mal den Typen, der sich ein bißchen was dazuverdient. Aber ich möchte Ihnen einen anderen Deal vorschlagen.»

«Ich bin für jeden Vorschlag offen, der für mich interessant ist.»

«Ich habe diesen Ami nicht umgelegt, und auch sonst niemanden, ich weiß nicht, wer das gemacht hat, darauf gebe ich Ihnen mein Wort. Von Benyamins Schiebereien weiß ich auch nichts, wenn es denn welche geben sollte. Er hat mich dort hingeschickt, um Informationen in einer Antiquitätenangelegenheit zu sammeln, die Sie überhaupt nicht interessieren wird. Die einzigen Gesetzesverstöße, die ich gemacht habe, das sind das mexikanische Visum, der Paß und das Flugzeugticket, die ich mir von Monsieur Ducourtay geliehen habe – und darüber werde ich mich mit ihm verständigen ...»

«Sparen Sie sich Ihr Plädoyer für das Gericht, Lecouvreur. Ich warte auf Ihre Vorschläge.»

«Ich habe den Amerikaner nicht umgebracht, aber, rein zufällig, sind mir Dokumente in die Hände gefallen, die ihm gehörten.»

«Rein zufällig, sieh mal einer an!»

Vergeat begleitete diesen Kommentar mit einem gepreßten Hohngelächter, was Gabriel zu überhören vorgab.

«Ich weiß nicht genau, was sie wert sind, aber für Sie könnten die Unterlagen durchaus von Interesse sein. Und wenn nicht für Sie, könnte ich sie ja dem Auslandsgeheimdienst oder einem anderen Dienst anbieten.»

Vergeat beugte sich mit grimmiger Miene zu ihm vor.

«Wir haben bei Ihren Sachen nichts gefunden. Waren Sie so blöd, sie in Mexico zurückzulassen? Glauben Sie, daß Dillons Kumpel sie dort nicht finden?»

«Sie sind an einem sicheren Ort. Aber regen Sie sich nicht auf, es gibt sowieso nichts ohne Gegenleistung. Um mich zum Reden zu bringen, müssen Sie schon andere Mittel einsetzen, und ich versichere Ihnen, das würde Sie teuer zu stehen kommen. Ich kenne eine ganze Reihe von Journalisten. Das wäre Ihre vorzeitige Pensionierung, Vergeat. Und diese Gefahr besteht auch, wenn Sie sich diese Dokumente entgehen lassen …»

«Wenn ich sie in der Hand habe, werde ich sehen, was ich für Sie tun kann. Vorher nicht.»

«Sie scherzen wohl! Wenn Sie die Dokumente haben wollen, brauche ich Garantien.»

«In welcher Form?»

Gabriel hatte genug Zeit gehabt, über diese Frage nachzudenken.

«Ein Brief, der von Ihrem Chef gegengezeichnet ist

und in dem steht, daß ich auf Ihre Anweisung gehandelt habe. Oder der zumindest durchblicken läßt, daß ich mit einem Auftrag betraut war. Ich bin sicher, daß Sie schon ausreichend doppeldeutige Formulierungen finden werden, die Sie nicht allzusehr kompromittieren. Ich verpflichte mich, den Brief niemals zu verwenden, wenn Sie die Angelegenheit begraben. Ansonsten könnte ich mich auch noch auf das Aussageverweigerungsrecht berufen … Dieser Brief muß formgerecht bei meinem Anwalt hinterlegt werden. Ich werde Ihnen seine Adresse geben.»

«Sie sind ganz schön dreist, Lecouvreur. Na ja, diese Entscheidung kann ich sowieso nicht allein treffen, da muß ich erst mit meinen Vorgesetzten reden. Aber ich warne Sie, wenn das mit den Dokumenten ein Schwindel ist, dann reiße ich Ihnen den Arsch auf!»

«Ich kann Ihnen nicht garantieren, daß Sie sich für den Inhalt interessieren, aber es gibt sie, die Informationen sind auf einem Taschencomputer gespeichert. Und es ist auf jeden Fall eine Liste von Agenten in Lateinamerika dabei.»

«Gehen wir mal davon aus, daß wir Ihren Vorschlag akzeptieren. Was die Geschichte mit dem Visum betrifft, können wir Sie decken. Wir können auch die Amerikaner und Chilenen beruhigen. Aber wie wollen Sie mit dem Typen klarkommen, den Sie auf dem Flugplatz in Mexico überfallen und in der Toilette ausgeplündert haben? Der wird eine Anzeige machen. Er ist immerhin ein bedeutender Bürger, der ziemlich viel Einfluß hat. Wenn der Sie verklagt, geht die Angelegenheit ihren Gang, und wir können kaum noch was für Sie tun …»

«Das werde ich schon mit ihm regeln …»

 Vergeat begann abwesend an seiner Pfeife herumzufummeln, was bei ihm ein Zeichen für Nachdenken war. Wahrscheinlich war er hin- und hergerissen zwischen dem Wunsch, Pulp einzulochen, und der Furcht, den Zorn seiner Vorgesetzten zu erregen, weil er etwas verpatzt hatte. Ein schweres Dilemma. Aber anscheinend gab die Disziplin seiner Beamtenseele den Ausschlag, denn er ging hinaus, um in einem anderen Zimmer zu telefonieren.

Pulp nutzte die Gelegenheit, daß er allein war, stand auf, warf einen Blick auf den leeren Schreibtisch und öffnete die Aktentasche, die Vergeat neben seinem Stuhl stehengelassen hatte. Zu Gabriels Enttäuschung enthielt sie nur Zeitungen und eine Schachtel Präservative. *Le Monde* und der *Figaro* brachten über die Ermordung von Dillon nur wenige Zeilen. Immerhin fand er eine Meldung von AFP, in der es hieß:

Chilenischer General in Santiago entführt.

Gestern abend wurde in Santiago der General Ernesto Andara von Unbekannten entführt. Man fürchtet um sein Leben, da Blut an den Sitzen seines Autos klebte, das am Ufer des Rio Mapucho verlassen aufgefunden wurde. Der Grund für die Anwesenheit des Offiziers in dieser Gegend und zu so fortgeschrittener Stunde ist nicht bekannt. Ernesto Andara gehört zu den Offizieren, denen Verbrechen gegen die Menschlichkeit zu Zeiten der Diktatur vorgeworfen werden. Er gehörte zur engeren Umgebung von General Pinochet, der immer noch Kommandant der chilenischen Streitkräfte ist. Bis zur Stunde hat sich keine Organisation für die Entführung verantwortlich erklärt.

Als Vergeat zurückkehrte, faltete Gabriel die Zeitung zusammen.

«Es läuft, Sie kriegen Ihren Brief. Verschwinden Sie, bevor ich meine Meinung ändere.»

Dann bemerkte er die Zeitungen.

«Genieren Sie sich nicht, Lecouvreur. Wühlen Sie ruhig in meinen Sachen herum! Halten Sie mich für so dämlich, daß ich wichtige Sachen in Reichweite Ihrer dreckigen Finger rumliegen lasse?»

«Ganz im Gegenteil, und daher habe ich mir erlaubt …»

Diesmal gelang es Vergeat nicht, seine Gehässigkeit unter seiner sanften Miene zu verbergen. Er flippte regelrecht aus.

«Verschwinden Sie!» schrie er mit überschnappender Stimme.

Dieser Kontrollverlust ging Gabriel runter wie Öl. Fröhlich vor sich hin pfeifend, mit seiner Tasche über der Schulter, verließ er die Räumlichkeiten der Flughafenpolizei von Roissy.

Sein erster Gedanke war, sich in der Cafeteria ein Bier zu genehmigen, der zweite, Cheryl anzurufen, um ihr zu sagen, daß er wieder da war.

«Ich fühle mich wie erschlagen. Ich glaube, ich hau mich direkt ins Bett. Aber wenn du heute nachmittag deinen Salon zumachst, könntest du mir Gesellschaft leisten, und ich glaube, ich hab noch genügend Kraft, um einen Teil des Programms umzusetzen, das ich dir letztes Mal versprochen habe.»

«Nur einen Teil?»

«Das ist schon mal nicht schlecht.»

«Ich kann es mir im Moment nicht erlauben zuzumachen. Die Geschäfte gehen schlecht. Ich warte lieber bis zum Abend. Wenn du ausgeschlafen hast, komme ich vielleicht in den Genuß des vollen Programms.»

Nach einem zweiten Bier ging er noch mal in die Telefonkabine und wählte die Nummer von Lafargue-Waffensysteme.

 «Ducourtay?»

137 Eine trockene Managerstimme, die keine Zeit für einen Unbekannten hatte, fragte:
«Wer spricht da?»
«Gabriel Lecouvreur.»
«Lecouvreur …» Eine kleine Pause. «Wer hat Ihnen meine Direktnummer gegeben?»
«Ich habe sie auf der Karte gefunden, die ich aus Ihrem Portemonnaie genommen habe, Monsieur Ducourtay.»
«Ah, Sie sind das also! Sie sind ganz schön unverschämt, Lecouvreur!»
«Ja, klasse, nicht? Aber ich möchte mich trotzdem bei Ihnen entschuldigen und Sie so schnell wie möglich treffen.»
«Wollen Sie mich verarschen?»
«Keineswegs. Es kann gut sein, daß Sie abgehört werden, und was ich Ihnen zu sagen habe, ist streng vertraulich. Es geht um Ihre Mexicoreise und um Ihre Projekte, von denen ich ganz zufällig erfahren habe. Und ich habe keineswegs die Absicht, Ihnen zu schaden, das können Sie mir glauben, Monsieur …»

PULP 15 UND DIE RACHE DER SCHATTEN

Als seine neuen amerikanischen Schuhe, die er sich in Santiago gekauft hatte, im dicken Teppichboden der Empfangshalle von Lafargue-Waffensysteme versanken, hatte Pulp sich zwar immer noch nicht wieder ganz von der Reise erholt, aber nach einer Nacht mit Cheryl ging es ihm schon wieder viel besser. Er stellte belustigt fest, daß seine nassen Schuhsohlen hübsche Spuren auf dem königsblauen Teppich hinterließen, neben den roten Rauten mit dem goldenen Firmenlogo. Ein Sicherheitsbeauftragter in marineblauem Blazer fragte nach seinem Ausweis, ließ sich telefonisch den Termin bestätigen und gab ihm eine Plastikkarte, die er an sein Revers heftete. Eine Sekretärin im Tweedkostüm eskortierte ihn bis zum Büro von Ducourtay. Die Größe seines Büros war enttäuschend, und seine Einrichtung war bescheidener, als Pulp gedacht hatte.

Ducourtay blieb hinter seinem Schreibtisch sitzen, musterte seinen Besucher von Kopf bis Fuß und beschloß dann, ihm ein verkniffenes Lächeln zu schenken.

«Jemanden, der einen überfallen hat, von Angesicht zu Angesicht zu sehen ist ein ganz neues Erlebnis ...»

«Ich sehe, daß Sie Sinn für Humor haben.»

«Das glaube ich schon, allerdings nicht in dem Maße, daß ich so etwas tolerieren kann. Aber ich höre mir Ihre Erklärungen gern an. Sie sollten allerdings wissen, daß ich bereits meinen Anwalt beauftragt habe, in aller Form Anklage zu erheben.»

«Ich kann mich nur noch einmal entschuldigen. Es war ein Fall von höherer Gewalt, in Zusammenhang mit meinem Auftrag ...»

Pulp reichte ihm den Brief von Vergeats Vorgesetztem.

«Sie können seine Echtheit ohne weiteres überprüfen.»

Ducourtay setzte seine Brille auf und überflog das Schreiben.

«Dieser Brief ist ziemlich unklar, und er gibt Ihnen nicht das Recht, französische Bürger zu überfallen und zu berauben!»

«Ich werde alles wieder in Ordnung bringen, Monsieur Ducourtay. Allerdings glaube ich, daß weder meine Abteilung noch Ihr Unternehmen irgendein

 Interesse daran hat, daß diese Affäre in der Öffentlichkeit ausgebreitet wird. Zum einen (er konnte sich das Lachen kaum verkneifen) appelliere ich an Ihren Patriotismus …»

Ducourtay hob die Arme zum Himmel.

«Patriotismus ist ein weites Feld!»

«Im weltweiten Wettbewerb hat Frankreich es mit ernstzunehmenden Gegnern zu tun, und da spielt unsere Abteilung eine wichtige Rolle. Wir arbeiten für unser Land und für seine Unternehmen, auch das Ihre», erklärte Pulp mit feierlicher Stimme.

«Mir scheint, daß Lafargue-Waffensysteme keine Lektion in Patriotismus nötig hat. Wissen Sie, wieviel Devisen wir dem Land verschaffen?»

«Eben. Darauf wollte ich gerade kommen. Ich glaube zu verstehen, daß Sie kurz davor sind, einen wichtigen Vertrag zu unterzeichnen …»

«Sie sind gut informiert. Aber der Vertrag ist noch lange nicht unter Dach und Fach.»

«Ein falscher Schachzug, eine zu früh verbreitete Information könnte Ihren Plan durchaus gefährden.»

Ducourtay stand auf und beugte sich zu Gabriel vor. Er stützte beide Arme auf den Schreibtisch und nahm den entschlossenen Ausdruck eines unbeugsamen Unternehmensführers an.

«Sie wollen mich also erpressen?»

«So ist es. Das ist das richtige Wort. Ich hatte zwar gehofft, an Ihr nationales Pflichtbewußtsein appellieren zu können, aber ich sehe, daß ich mich getäuscht habe. Sie müssen sich einfach vorstellen, Monsieur, daß wir in unserem Hause einen viel zu hohen Bürgersinn entwickelt haben, als daß wir das Risiko eingehen könnten, eine solche Operation scheitern zu lassen, die unserem Land, wie Sie soeben gesagt haben, so viele kostbare Devisen bringen könnte …»

«Ich verstehe nicht so recht, was Sie meinen …»

«Unsere Erpressung richtet sich nicht gegen Lafargue-Waffensysteme, sondern gegen Gilbert Ducourtay, den stellvertretenden Exportdirektor. Im Grunde ein Mann wie viele andere, ersetzbar, wie wir alle …»

Pulp war mit seiner Rede nicht unzufrieden. Es brauchte seine Zeit, Wirkung zu erzielen.

«Nun hat dieser Gilbert Ducourtay eine Familie, eine Gattin und Kinder, die durch seine Eskapaden in Mexico gefährdet werden könnten. Ganz abgesehen davon, daß es da sehr wahrscheinlich noch andere Verfehlungen gibt, die wir ohne weiteres ans Licht bringen könnten, wenn wir den Profis genügend Zeit geben, sein Privatleben unter die Lupe zu nehmen …»

Er hatte einfach ins dunkle gezielt, aber zu recht. Ducourtay wurde blaß.

«Sie sind widerlich!»

«Nicht wahr?»

Ducourtay steckte sich eine Zigarette an, marschierte auf und ab, und setzte sich schließlich wieder hinter seinen Schreibtisch.

«Ihre Drohungen berühren mich nicht, Lecouvreur, verstehen Sie mich recht. Mein Privatleben ist makellos. Andererseits, die anderen Aspekte, ich bin nicht ganz abgeneigt …»

Er klopfte mit dem Zeigefinger auf den Brief, der auf dem Schreibtisch lag.

«Wenn es um das nationale Interesse geht, sind wir allzeit bereit. Folglich werde ich meine Klage zurückziehen …»

«Es würde mich freuen, eine kleine Notiz über diese lobenswerte Absicht mitzunehmen, und vielleicht können Sie Ihren Aufsichtsrat darüber informieren?»

Ducourtay seufzte und ließ seine Sekretärin kommen.

Trotz der Abneigung, die dieser Unterdirektor von Lafargue-Waffensysteme in ihm hervorrief, verzichtete Pulp darauf, ihn weiter zu demütigen. Er ließ ihm die Illusion, mit Eleganz kapituliert zu haben. Als er aus dem Fahrstuhl stieg, bemerkte er, daß seine Sohlen inzwischen getrocknet waren und keine Spuren mehr auf dem Teppich hinterließen.

PULP 16 UND DIE RACHE DER SCHATTEN

«Ist das der Grund für den Namen Ihres Cafés?»

Gérard musterte den Eindringling über seine Theke hinweg.

«Sind Sie neu hier im Viertel?»

«Ich bin letzte Woche hierhergezogen …»

«Nun, dann nehmen Sie bitte zur Kenntnis, mein Lieber, daß dieses Etablissement schon lange vor der Ankunft dieses ‹Objekts› *Au Pied de Porc à la Sainte-Scolasse* hieß.»

«Trotzdem, es ist beeindruckend. Sie erlauben, daß ich es mir mal näher ansehe …»

Der Gast ging um die Theke herum, betastete das Tier und kehrte wieder an seinen Platz zurück. Seit der Rückkehr von Gabriel Lecouvreur war das Ferkel die Attraktion des Viertels. Es sorgte für einen regelrechten Auftrieb. Gérard beschwerte sich nicht darüber. Das füllte die Kasse. Er verblüffte die Gaffer mit gelehrten Erklärungen. Der Maiskolben, ein Symbol des Wohlstands. Den Stammgästen allerdings ging diese Invasion auf den Wecker.

«Regt euch nicht auf, das ist immer dasselbe, das legt sich wieder. Reine Neugier, nichts weiter, wie beim Aufkommen der Pornofilme ...»

«Ich kenne Leute, die sich immer noch welche anschauen», grinste der Gast, ohne damit zu sagen, ob es sich um ein Geständnis oder einen Vorwurf handelte.

Mit dem Glas in der Hand ging er zu einem Tisch im hinteren Teil des Lokals, wo Gabriel Lecouvreur seinen Teller mit Brot auswischte, nachdem er sich einen Schweinsfuß in Gelee mit brauner Sauce (Cognac und Pflaumen) einverleibt hatte – das war schon etwas anderes als *tacos* und *tortillas*, wenngleich auch nicht besser für den Magen.

«Sagen Sie, Monsieur Lecouvreur, man sagt, Sie haben dieses Ding aus Mexico mitgebracht. Hatten Sie keine Schwierigkeiten beim Zoll?»

Pulp blinzelte ihm zu.

«Nein, kein Problem, ich hatte einen Impfschein. Aber sie haben mir trotzdem eine Steuer abgeknöpft.»

«Verdammt, der Staat verdient immer mit.»

«Sie wußten nicht, wie sie es klassifizieren sollten. Sie schwankten zwischen Begleittier und Kunstobjekt.»

«Das arme Vieh!»

Um noch eins draufzusetzen, tischte Gabriel eine schreckliche (und erfundene) Anekdote über die Arbeitsmethoden der Familie Balaguer auf. Diese Geschichte erregte bei den Gästen, die nicht zur Stammkundschaft gehörten, Übelkeit. Sie stießen ihre Teller zurück und verlangten die Rechnung. Gérard rief ihn zur Ordnung.

«Wenn du meine Gäste verscheuchst, schick ich dich zum Geschirrspülen.»

 Angestachelt von der Erzählung, wollte ein weiterer Gast das mexikanische Schwein betatschen.
«Ich muß sagen, wirklich verdammt gut gemacht. Es fühlt sich ganz weich an, wie eine Frau», sagte der Kenner.
Dieser Kommentar erregte allgemeine Heiterkeit und führte zu einer Reihe von schlüpfrigen Bemerkungen.
«Du solltest dir eine maßgerecht ausstopfen lassen.»
«So was ist besser als ein aufblasbare Puppe.»
Der Typ kümmerte sich nicht um diese Sprüche und setzte seine Untersuchung fort.
«Sieh an, da war ja ein Loch …»
«Hab ich noch gar nicht gesehen», sagte Gérard, der die Stelle mit einer Hand überprüfte, während er einen Calva servierte – eine Art von Akrobatik, die er im Umgang mit der Espressomaschine gelernt hatte.
«Tatsächlich, da ist eine kleine Naht, unter dem Bauch. Ist dir die noch nicht aufgefallen, Gabriel?»
Pulp flüsterte ihm einige Worte ins Ohr. In diese Öffnung hatte er die Dollars gesteckt, die Isabelle Villagrande ihm so großzügig angeboten hatte. Ein Glück, daß die Zöllner nicht darauf verfallen waren, das Schwein auszuwaiden. Bestimmt hatte man das Tier am Flugplatz durchleuchtet, um sicherzugehen, daß keine Bombe darin versteckt war, aber als das Paket vom Paketdienst angeliefert wurde, war das Geld noch an Ort und Stelle …
Der Klempner, der bis dahin schweigend seinen Verdauungsschluck geschlürft und an der Theke vor sich hin gedöst hatte, erwachte plötzlich aus seiner Lethargie.

«Hört doch endlich auf mit Eurem langweiligen vollgestopften Schwein!»
«Ausgestopft», stellte Gérard richtig. «Man muß die Wörter korrekt verwenden. Sag nichts Schlechtes über mein kleines Schweinchen.»
«Na gut, dann eben ausgestopft. Aber das ist trotzdem Schnee von gestern.»
«Wieso?»
«Seht mal, was ich eben in der Zeitung gelesen habe!»
Das Blatt wanderte von Hand zu Hand, bis es bei Gabriel landete, der den Artikel laut vorlas.
«Der Leichnam des chilenischen Generals Ernesto Andara, der letzte Woche von Unbekannten entführt worden war, wurde im Stadtteil Conchali im Laderaum eines Lieferwagens gefunden. Was die Polizei neben der Suche nach den Mördern, die sich immer noch nicht zu ihrer Tat bekannt haben, am meisten Kopfzerbrechen macht, ist der Zustand der Leiche. Bestimmten Quellen zufolge ist der Körper des Opfers einer Behandlung unterzogen worden, die man normalerweise nur bei Tieren vornimmt, um sie nach ihrem Tod so lebensecht wie möglich zu konservieren: Er wurde nach allen Regeln der Kunst ausgestopft …»
Alle begannen, die Sache zu kommentieren. Es wurden verschiedene Vorschläge gemacht, was man mit dem verstorbenen *Flaquito* anstellen sollte.
«Sie können ihn ja im Armeemuseum ausstellen», höhnte jemand, der für seine antimilitaristische Gesinnung bekannt war. «Ein ausgestopfter General kann wenigstens keinen Schaden mehr anrichten!»
Gabriel faltete die Zeitung zusammen und warf sie auf die Theke.
 «Du hast recht, aber das ist doch alles Schwachsinn.

 Die Journalisten wissen einfach nicht mehr, was sie erfinden sollen.»

Ein kleiner blonder Mann mit sorgfältig gebundener Krawatte, der die Debatte bis jetzt verfolgt hatte ohne sich einzumischen, trat an Pulp heran.

«Erlauben Sie? Darf ich Sie zu einem Kaffee einladen?»

Er setzte sich zu Gabriel an den Tisch und las den Artikel noch einmal.

«Seltsam, diese Geschichte. Hätten Sie nicht Lust, noch mal dorthin zu fahren, um sie aufzuklären?»

«Würden Sie die Reisekosten bezahlen?»

«Warum nicht?»

«Dürfte man erfahren, was Sie daran interessiert?»

Der Mann zog seine Visitenkarte aus der Brieftasche und überreichte sie Pulp.

Étienne Beaumanoir
Diplomierter Tierpräparator

Anmerkung des Autors

Diese düstere Mumiengeschichte ist keineswegs so abwegig, wie sie dem Leser erscheinen mag. Im November 1990 veröffentlichte die chilenische Tageszeitung *Fortín Mapocho* die Erklärungen eines Mannes, der der Mittäterschaft bei Taten beschuldigt wurde, bei denen vermutlich alte Rechnungen im Zusammenhang mit der *Cutafa* beglichen wurden. Dieser Mann sagte aus, daß die chilenischen Militärs an europäische Archäologen gefälschte Mumien verkauft hätten, die aus den Leichen von gefolterten und ermordeten Regimegegnern fabriziert worden seien. Diese Meldung wurde nie dementiert. Der Autor dieses Buches hat darüber in verschiedenen Reportagen und Artikeln (namentlich in der Wochenzeitschrift *La Vie Ouvrière* vom 20. Mai 1991) berichtet, aber diese Informationen fanden kein Echo. Diese Greueltaten, die von Vertretern der chilenischen Diktatur begangen wurden (welche noch immer ungestraft und zum größten Teil in ihren alten Positionen sind), bilden leider keine abwegige Ausnahme. Der Schriftsteller G. J. Arnaud hat schon vor fünfzehn Jahren ähnliche Scheußlichkeiten beschrieben, und zwar in seinem Roman *Les momies de Mexico* (Paris 1980), der in beeindruckender Weise die Verbrechen der damaligen Militärdiktatur in Argentinien schildert.
Halten wir also ein weiteres Mal fest, auf dem Gebiet des Schreckens übersteigt die Realität bei weitem die Fiktion.

Gérard Delteil, Februar 1996

PULP UND DIE RACHE DER SCHATTEN

Glossar

Allan – ist der Vorname von Allan Welsh Dulles, dem ehemaligen Leiter des US-amerikanischen Spionagedienstes CIA, dessen Hauptsitz sich in Langley befindet.

Chicha – eine Art Maisbranntwein (in Zuckerwasser gegorener Mais), *Pisco* ist ein Zuckerrohrschnaps, und das Rezept für den Schnaps *Mescal* verraten wir hier nicht.

Cumbias – lateinamerikanische Bereicherung der Musikwelt wie etwa Tango, Bolero, Rumba oder Salsa.

Cutufa – Während der Pinochet-Diktatur die schwarze Kasse der Armeeführung, die aus verschiedenen Quellen gefüllt wurde: Plünderung von Besitztümern mißliebiger Politiker, Drogenhandel, Prostitution …

DINA und CNI – *Dirección del Intelligencia Nacionál* und *Central Nacionál de Investigación*: Geheimpolizei während der Diktatur von General Pinochet.

Fortín Mapucho – Eine Zeitung, die in etwa das chilenische Gegenstück zur *Libération* in ihren ersten Jahren war. Sie mußte ihr Erscheinen aus finanziellen Gründen einstellen, aber auch wegen diverser juristischer Angriffe, provoziert durch ihre respektlose Haltung gegenüber der Pinochet-Nomenklatura, die in Chile noch immer an der Macht ist. Mehrere Mitarbeiter wurden verhaftet unter dem Vorwurf der Komplizenschaft mit Guerillagruppen wie *Lautaro…*

La Paz – Hauptstadt von Bolivien, ist eine der wenigen

Städte der Welt, in der die Armen höher wohnen als die Reichen (bis auf über 4000 m über dem Meeresspiegel). Je höher man kommt, um so dünner ist die Luft und um so härter ist im Winter die Kälte spürbar. Weiter unten zu wohnen kann somit als Privileg betrachtet werden, auch wenn man dort mehr Abgase einatmen muß …

Lautaro – Guerillabewegung, die den bewaffneten Kampf fortsetzte, nachdem Pinochet durch einen «gewählten» Präsidenten an der Spitze des chilenischen Staates abgelöst worden war. Mehrere ihrer Mitglieder wurden verhaftet, und über einige wurde vom Militärgericht in Santiago das Todesurteil verhängt.

MIR – *Movimento de la Izquierda Revoluciónaria*: linksgerichtete Partei, die nach dem Staatsstreich von Pinochet im Jahre 1973 in den Untergrund ging und fast vollständig vom Terrorregime ausgelöscht wurde.

Montezumas Rache – Ein scherzhafter Ausdruck für eine Krankheit, die viele Touristen (auch die aus Europa werden vereinfachend «gringos» genannt) in Mexico befällt: schwere Magen- und Darmprobleme. Montezuma (oder auch Moctezuma, geb. um 1467) war Herrscher des Aztekenreiches, der 1519 von dem Eroberer Cortéz gefangengenommen und beim darauffolgenden Aufstand der Mexikaner 1520 von den Europäern umgebracht wurde.

Punto Final – Daß der Herausgeber der Zeitung *Punto Final* fast im Gefängnis gelandet wäre, ist authentisch: Manuel Cabieses wurde angeklagt und entkam nur mit Müh und Not dem Gefängnis, weil er die Witzeleien des Ex-Diktators über die Entdeckung eines Massengrabs als «zynisch» und «sadistisch» bezeichnet hatte. Pinochet hatte gesagt: «Mehrere Leichen

151 in einem Grab sind eine große Ersparnis für den Staat …»

Rivera – Diego Rivera (1886–1957), mexikanischer Maler, studierte in Paris, hat seit 1921 in Mexico gearbeitet und wurde weltberühmt. Seine monumentalen Wandmalereien, die stilistisch an altmexikanische Kunst anknüpfen und Szenen aus der Geschichte, dem politischen und sozialen Leben Mexicos darstellen, schmücken in Mexico höchste staatliche Gebäude. Er war mit der Malerin Frida Kahlo verheiratet.

Siqueiros – David Alfaro Siqueiros (1898–1974), Maler und Graphiker, bereiste 1919–22 Europa und vertrat wie Orozco, Rivera und Tamayo einen revolutionären Realismus, in den mexikanische Volkskunst ebenso wie europäischer Surrealismus eingeflossen sind.

Tim und Struppi – Tintin, der Held des belgischen Comic-Zeichners Hergé (Georges Remi, 1907–1983) ist in Deutschland unter dem Namen Tim bekannt. Der junge Reporter Tintin zieht mit seinem Hund Milou (Struppi) um die ganze Welt. Der Band *Les 7 boules de cristal* (Die sieben Kristallkugeln) erschien 1948.

Ein Kultroman (Die Zeit)

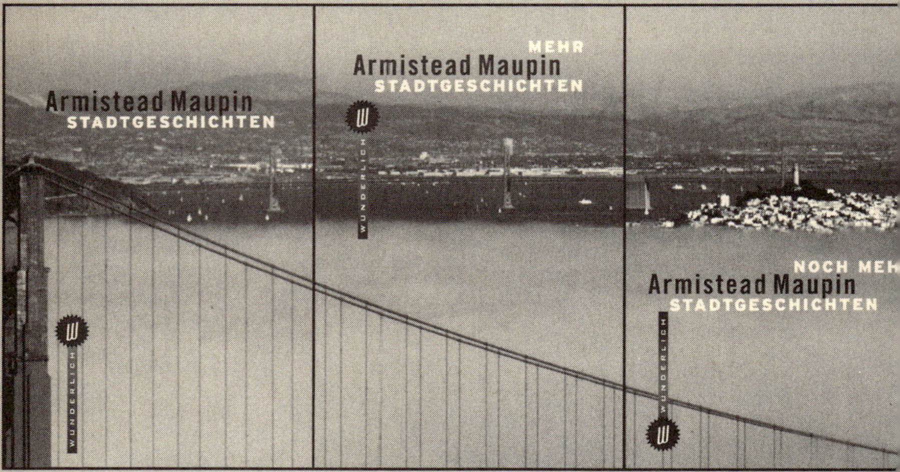

« Man gewinnt sie lieb, die Menschen aus der Barbary Lane in San Francisco. Und nichts ist schlimmer als die steigende Zahl der Seiten, die das unweigerlich nahende Ende des Romans ankündigt.» (Hannoversche Allgemeine Zeitung)

5051/1